風は西から

小料理のどか屋 人情帖24

倉阪鬼一郎

二見時代小説文庫

風は西から——小料理のどか屋人情帖24

目次

風は西から　小料理のどか屋 人情帖24・主な登場人物

時吉《とききち》……神田横山町《よこやままちょう》の、のどか屋の主《あるじ》。元は大和梨川藩《やまとなしがわはん》の侍・磯貝徳右衛門《いそがいとくえもん》。

千吉《せんきち》……時吉の長男。祖父の長吉の店で板前修業に入る。

おちよ……時吉の女房。時吉の師匠で料理人の長吉の娘。

長　吉《ちょうきち》……浅草は福井町でその名のとおり、長吉屋という料理屋を営む。時吉の師匠。

大橋季川《おおはしきせん》……季川は俳号。のどか屋の常連、おちよの俳句の師匠でもある。

信五郎《しんごろう》……馬喰町《ばくろちょう》の力屋《ちからや》という飯屋の主。のどか屋にいた猫が棲みつき猫縁者となる。

おしの……一膳飯屋、力屋の信五郎の娘。看板娘として店を手伝う。

安東満三郎《あんどうみつさぶろう》……隠密仕事をする黒四組《くろよんぐみ》のかしら。甘いものに目がない、のどか屋の常連。

万年平之助《まんねんへいのすけ》……安東配下の隠密廻り同心、「幽霊同心」とも呼ばれる。千吉と仲が良い。

京　造《きょうぞう》……京の料理屋の跡取り。時吉に料理の心を学び、京に「のどか屋」を開く。

為助《ためすけ》……京造のもとで修行をしていたが、江戸料理を学ぶべく時吉に弟子入りを志願する。

信吉《しんきち》……房州の館山《たてやま》から長吉屋に料理の修業に来た十五歳の若者。

寅松《とらまつ》……修行中に亡くなった兄の跡を継ぎ、長吉屋へ弟子入り。寅吉と呼ばれる。

寅次《とらじ》……岩本町のころよりの、のどか屋の常連。三代にわたり湯屋を営む。

富八《とみはち》……野菜棒手振《ぼてふ》りを生業《なりわい》とし、のどか屋に野菜を卸《おろ》す。常連客でもある。

第一章　鮎飯と風干し

一

「もう月末は川開きかい。早いものだね」

檜《ひのき》の一枚板の席に陣取った大橋季川《おおはしきせん》が言った。

「昨日、空に凧《たこ》が揚がっていたような気がしますが、あっと言う間《ま》に半年です」

厨《くりや》で手を動かしながら、あるじの時吉《とききち》が言う。

「今年はいろいろあったから、ことにあわただしく感じられるかもしれないね」

隠居が温顔で言った。

「千《せん》坊が修業ばかりか、旅にも出かけたしね」

季川と並ぶ常連中の常連の信兵衛《しんべえ》が言う。

のどか屋の時吉とおかみのおちよがここ横山町《よこやまちょう》にのれんを出して、もうずいぶん経った。もとは神田三河町《かんだみかわちょう》、続いて岩本町《いわもとちょう》、二度にわたって大火で焼け出され、いまの場所に移ってきた。江戸には火事が付き物だ。焼け出されていたく難儀をしたが、命さえあればやり直すことができる。

横山町の小料理のどか屋には旅籠《はたご》が付いている。泊まり客は名物の豆腐飯をはじめとするうまい朝食を食べることができる。おかげで、のどか屋を江戸の定宿《じょうやど》とする客もずいぶんと増えてきた。

その旅籠の元締めが信兵衛だ。近くに何軒か旅籠を持ち、浅草《あさくさ》のほうには長屋もある。信を置ける元締めに筋のいい常連たち、さまざまな人の助けも得てのどか屋は繁盛している。

「このところはまじめに修業を積んでいますよ」

鰺《あじ》の焼き霜造りをつくりながら、時吉が言った。

「ああ、そうか。指南役も始めたんだからね」

元締めはそう言って猪口《ちょく》の酒を呑み干した。

「千吉《せんきち》もやりにくいかもしれませんけど」

猫たちにえさをやっていたおちよが言った。

のどか屋の跡取り息子の千吉は、祖父の長吉《ちょうきち》のもとで修業を始めている。これまた早いもので、もう半年以上が経った。場所は浅草の長吉屋だ。

「せがれだと思わずにやっていますよ。……はい、お待ち」

時吉は鰺の焼き霜造りを一枚板の席に出した。

鰺を三枚におろして皮をはぎ、身に熱した金串を押し当てて焼き目をつける。こうすると青背の魚の臭みが和《やわ》らぐし、見た目も縞模様《しまもよう》が楽しい。これに貝割れ菜などをあしらい、土佐醬油《とさじょうゆ》でさっぱりといただく。

朝と昼の膳は客が次々にやってくるからむやみに凝《こ》ったものは出せないが、中休みをはさんだ二幕目は違う。こういった小粋《こいき》な肴《さかな》も出すことができる。

「端正な料理だね」

隠居の白い眉が下がった。

「ありがたく存じます」

時吉が頭を下げた。

「おっ、おまえとおんなじ縞模様だな」

元締めが足元にすり寄ってきた猫に言った。

二代目ののどかだ。

「鯵は駄目だからね。これを食べなさい」

おちよが茶白の縞猫に言う。

猫は「しょうがないにゃ」とばかりにおのれのえさのほうへ戻っていった。

長くのどか屋の守り神としてかわいがられてきた初代ののどかは亡くなり、見世《みせ》の横手にのどか地蔵として祀《まつ》られている。だが、ふしぎなことに、その生まれ変わりとしか思えないそっくりな猫をまた飼うようになった。それが二代目ののどかだ。

一緒にはぐはぐとえさを食べているのは、初代ののどかの子で同じ柄《がら》のちの、その娘でしっぽにだけ縞模様がある白猫のゆき、その息子で醤油みたいに真っ黒なしょう、いちばん新参で珍しい銀色の毛に黒と白の縞模様が入っている凜々《りり》しい小太郎《こたろう》。しょっちゅうけんかをしながらも、のどか屋の猫たちは客にかわいがられつつ達者に暮らしていた。

「そろそろ風干しが頃合いですね」

時吉が言った。

「鮎飯《あゆめし》の次は風干し。今日はいい日に当たったね」

隠居が言った。

「いい日に当たったたって、ご隠居が来ない日のほうが少ないじゃないですか」

すかさず元締めがそう言った。

「のどか屋は、いつもいい日ですから」

おちよがそう言って笑った。

二

けさは玉川《たまがわ》のほうからいい鮎がふんだんに入った。

そこで、昼は鮎飯にした。

飯に醬油と酒と塩を入れ、あらかじめ味をつけておく。鮎を加えるのは飯を蒸らすときだ。金串を打ってこんがりと素焼きにした鮎を投じ入れてほぐす。

ここが料理人の腕の見せどころだ。

まず背びれを取り、続いて頭と中骨をすーっと引っ張って外していく。箸で鮎の背を押すようにしてやるのがこつだ。

残った尾を取り除き、身だけになったものを箸でほぐし、杓文字《しゃもじ》でご飯とよくまぜる。仕上げの蓼《たで》の葉のみじん切りを散らせば、香り豊かな鮎飯の出来上がりだ。

時吉ばかりかおちよも厨を手伝い、大車輪でつくった鮎飯は大好評だった。

「玉川から鮎が飛んできたみてえだな」

「鮎が飛ぶかよ」

「このまま川へ入《へえ》ったら、鮎みてえにすいすい泳げそうだ」

なじみの大工衆は上機嫌で箸を動かしていた。

鮎飯のほかに、風干しもつくった。開いてわたを取り、塩水で洗ってきれいにした鮎を塩を加えた玉酒《たまざけ》に漬ける。玉酒は酒と水を同じ割にしたものだ。漬けるのはさっとでいい。途中で一度裏返してやるのが骨法《こつぽう》だ。

水気をていねいに拭き、金串を刺して風通しのいい日なたに干す。高いところに干すのは時吉の仕事だ。のどか屋の飼い猫ばかりでなく近所の猫もいて、すきあらばと狙っているから、いくら跳んでも取れないところへ干さなければならない。

半刻《はんとき》（約一時間）ほど干せば、もう食べられる。皮目からこんがりと焼き、返して身のほうも焼く。鮎はむろん塩焼きもうまいし、天麩羅《てんぷら》もいいが、これもまたうなるような味だ。

「まさに口福《こうふく》だね」

鮎の風干しを肴に呑みながら、季川が言った。

「では、そこで一句」

おちよが水を向ける。

のどか屋のおかみは、季川の俳諧《はいかい》の弟子《でし》だ。

「相変わらず、いきなりだね」

隠居は苦笑いを浮かべたものの、まんざらでもなさそうな顔で発句《ほっく》をひねった。

光と風の恵みの味やはつなつの

「なるほど。味と鰺を掛けてあるんですね」

時吉が言った。

「はは、気づかれたか。はつなつより季《とき》は進んでるんだが、そこはまあ語の調子をそろえるためで。……なら、おちよさん、つけておくれ」

温顔で弟子のほうを見る。

「そうですねえ……うーんと」

思案投げ首の体《てい》だったおちよは、ふと外のほうを見た。

何かを思い当たったような顔つきになり、すぐさま付け句を詠《よ》む。

江戸にひびくよ明るき声は
おちよの付け句のとおりだった。

表のほうから元気のいい声が響いてきた。

「こちらでございます」

おちよの片腕とも言うべきおけいの声だ。

「お好きなお部屋を選べますので」

こちらも長くのどか屋を手伝っているおそめが言った。

旅籠のほうに長逗留の客がいなくなったので、今日は二人で両国橋《りょうごくばし》の西詰《にしづめ》へ呼び込みに出かけた。首尾《しゅび》よく泊まり客が見つかり、案内してきたところだ。

ほどなく、明るい色合いの着物をまとった二人の女に続いて、一組の夫婦《めおと》が入ってきた。

「やれやれ、遠かったな」

「やっと一服でけるな、あんた」

客がほっとしたように言った。

その言葉には、西のほうの訛《なま》りがあった。

三

のどか屋の旅籠には部屋が六つある。

そのうち二階は五部屋だ。数が半端だが、一つは時吉とおちよが使っている。

小料理屋の並びの一階に、もう一部屋ある。二階へ上がるのが難儀な年寄りや、夜更《ふ》けに酔って宿を求める客のために、最後まで空けておくのが習いだ。もっとも、常連の隠居が浅草まで帰るのが億劫《おっくう》になり、そのまま泊まることもしばしばあった。

夫婦の泊まり客は二階の往来が見える側に案内した。通りに面していて眺めのいいほうか、奥まっていて静かなほうか、客の好みで選ぶことができる。

「こちら、伊勢《いせ》からいらしたんですよ」

座敷に案内してから、おけいがおちよに伝えた。

「まあ、それはそれは遠いところを」

おちよがそう言ってお茶を運ぶ。

「夫婦岩《めおといわ》で有名な二見浦《ふたみがうら》で、茶見世をやってらしたそうで」

おそめが言った。

「いや、いまでもせがれ夫婦の手伝いはしてるんですが、足が動くうちに江戸見物をと思いましてな」

人の良さそうな男が言う。

「途中で富士のお山もよう見えたし、思い切って出てきてよかったですわ」

その女房が言った。

「江戸見物はこれからやで」

亭主が笑う。

「ここのあるじも上方《かみがた》の出なんだよ」

隠居が教えた。

「ほう、そうですか」

亭主が湯呑みを置いた。

「いや、上方と言ってもいちばん端で、数の内にも入っていない大和梨川《やまとなしがわ》というところで」

次の風干しを焼きながら、時吉が言った。

いまでこそ市井《しせい》の料理人だが、時吉は磯貝徳右衛門《いそがいとくえもん》という名のもと武家で、大和梨川藩の禄《ろく》を食《は》んでいた。それがふしぎな縁でおちよと結ばれ、刀を包丁に持ち替えてのどか屋ののれんを出し、人の縁にも恵まれていまに至っている。

「ああ、大和梨川のお客さんも来てくれはったことがありますわ。行ったことはないねんけど」

伊勢の二見浦から来た客が言った。

「なにぶん山の中ですから」

と、時吉。

「お見世ではどんなものを出されてるんです？」

おちよがたずねた。

「さざえの壺焼きですわ。磯の香りがして、こりこりしてうまいんで、喜んでいただいてます」

客の目尻にいくつもしわが浮かんだ。

亭主は音太郎《おとたろう》、女房はおすま。この二人があきなう見世ならさぞや流行《はや》るだろうという雰囲気だ。

「壺焼きか。そりゃうまそうだね」

隠居が言う。

「醬油がちょいと焦げる感じが何とも言えないからね、ありゃ」

元締めも和した。

ほどなく、風干しが焼き上がった。客のもとへ運ばれる。

「ああ、こらさっぱりしてる」

音太郎が食すなり言った。

「海の干物とはまたちゃうなあ。おいしいわ」

おすまも感に堪えたような面持ちだった。

「これ、おまえはご飯食べたでしょ」

おちよが座敷にひょいと上がった小太郎に言った。

「小太郎ちゃんは食いしん坊だから」

と、おそめ。

「ええで、ちょっとやろか」

客が風干しの端のほうを与えると、猫は勇んで食べだした。

「で、今日はこれからどこぞへお出かけされますか？　駕籠《かご》ならお呼びできますので」

おちよが問うた。

「どうしょうか。着いたばっかりで、ちょっと大儀やな」

音太郎が首をひねった。

「そやね。ゆっくりするほうがええわ。江戸見物は明日からで」

おすまが答えた。

そこで、表のほうから声が響いてきた。

「あ、ちょうどいいかも」

おちよが手を軽く打ち合わせた。

のどか屋へやってきたのは、岩本町の湯屋《ゆうや》のあるじだった。

四

「渡りに船、と言いたいところですが……」

岩本町の名物男がややあいまいな顔つきで言った。

湯屋のあるじの寅次《とらじ》だ。のどか屋が岩本町にあったころからのなじみで、いまも折にふれて通ってくれている。

「客引きは方便《ほうべん》で、おのれが羽を伸ばしたいばっかりだからね、この人は」

野菜の棒手振《ぼてふ》りの富八《とみはち》が言った。

御神酒徳利《おみきどっくり》と言われているほどで、この二人はいつも一緒に動いている。

「なら、急がへんので」

音太郎が心得て言った。

「風干しを肴に一杯やってから、ご案内させてもらいますので」

寅次が笑みを浮かべた。

相席になった伊勢の夫婦との話はその後も弾《はず》んだ。

「さざえの壺焼き一筋でやってきたんですかい」

寅次が問うた。

「いや、伊勢うどんも出させてもろてます」

腰の低い音太郎が答えた。

「そりゃ食ったことがねえな」

と、富八。

「もっちりした太いうどんですねん。ゆでるのにだいぶ時がかかりますねんけど」

おすまが言った。

「だったら、お客さんをお待たせすることも？」

おちよが問う。

「そういった間《ま》の悪いときは、こいつが人相を読んで占いをしたりしますんで」

音太郎が女房を手で示した。

「へえ、そうなんですか」

おけいが感心したように言った。

「習《なろ》たわけやないんですけど、何とのう分かるようになってきたんで」

おすまは控えめに言った。

「なら、占ってもらったらどうです？」

富八が寅次に水を向けた。

「いや、また火が出るとか言われたら困るからよ」

湯屋のあるじはあわてて手を振った。江戸に火事は付き物で、岩本町の湯屋も難儀をしたことがある。

その後は伊勢うどんの話になった。時吉は諸国の料理に通じているから、伊勢うどんもつくったことがある。たまり醤油にかつおだしを加えた甘いたれをからめて食すもっちりしたうどんだ。たっぷりの葱《ねぎ》を薬味《やくみ》に加えていただく。

「そりゃ、葱がうまそうだな」

富八が言った。

まずもってそこをほめるのは、野菜の棒手振りの常だ。

「なら、干物も食ったし、今日はさっと腰を上げてご案内しまさ」

岩本町の名物男が言った。

「よろしゅうお願いします」

伊勢から来た男がていねいに頭を下げた。

五

旅籠の部屋は追い追いに埋まっていった。客が来るたびにのどか屋に華やぎが生まれる。

元締めの信兵衛はきりのいいところで腰を上げ、近くの大松屋《おおまつや》へ向かった。こちらは内湯があるのが売り物の旅籠だ。

隠居だけが一枚板の席で根を生やしていると、力屋《ちからや》のあるじの信五郎《しんごろう》と娘のおしのがのれんをくぐってきた。

のどか屋の猫縁者の一人で、馬喰町《ばくろちょう》にのれんを出している。その名のとおり、食せば力の出る膳を出す見世で、朝早くから荷車引きや駕籠屋や飛脚《ひきゃく》など、体を使う仕事の客が詰めかけて繁盛していた。

朝が早い分、のれんをしまうのも早い。豆などの下ごしらえを終えたら見世を出て、のどか屋へふらりと顔を出すこともしばしばあった。看板娘のおしのは大の猫好きだから、江戸に増えてきた猫屋にも通っている。

「おしのちゃんはいくつだったっけ」

隠居がたずねた。

「十五になります」

力屋の看板娘が答えた。

「ずいぶん背丈が伸びちまって」

信五郎が身ぶりをまじえて言った。

「そりゃ、力屋さんは身の養いになるお料理を出されますから」

おちよが笑みを浮かべた。

芋の煮っころがしに盛りのいい丼飯、それに青菜のお浸しや焼き魚など、身の養いになる料理を出すのが力屋だ。食せばおのずと力が出る。

「なら、そろそろお嫁入りだね」

季川が温顔で言った。

「いえいえ、まだそんな、ご隠居さん」

おしのはあわてて手を振った。

「跡取り娘さんだから、お婿《むこ》さんを取らなきゃならないんじゃないでしょうか？」

おちよが訊く。

「いや、継がなきゃならないのれんじゃないんで、べつにわたしの代で終わっても」

信五郎はそう言って、猪口の酒を呑み干した。

「そりゃあもったいないね。構えた料理屋じゃなくても、力屋さんは名店だから」

隠居が言う。

「お客さんのためにも、長く続けてくださいましな。……はい、お待ち」

時吉は次の肴を出した。

鮑《あわび》の磯辺揚げだ。

酒蒸しなどにするにはいささか心もとない鮑でも、料理人の技を使えば思わずうなるような肴になる。

鮑をせん切りにして、片栗粉《かたくりこ》をまんべんなくまぶしてやる。それから、油の中でくっつかないように気をつけながらじっくりと揚げる。油を切ったら、塩を振り、もみ海苔《のり》をまぶす。こりこりした鮑の磯辺揚げはこのうえない酒の肴だ。

「これも口福だねえ」

隠居の白い眉がひときわ下がった。

「うちだとちくわの磯辺揚げですから」

信五郎が笑みを浮かべた。

「こーんな大きな磯辺揚げなんです」

おしのが大げさな身ぶりで示す。

「わあ、おいしそう」

と、おちよ。

「丼飯にのせて、醬油をかけてわしわし食べるお客さんもいますよ」

力屋のあるじが箸を動かすしぐさをしたとき、表で声が響いた。

「ああ、ここや。ちゃんと戻ってきたで」

「えらいもんや」

その声の調子で分かった。

伊勢の夫婦が湯屋から戻ってきたのだ。

六

あきなうものは違っても、同じ食べ物の見世だ。二見浦の茶見世の夫婦と、馬喰町の力屋の親子は話が弾んだ。

「明日はどちらへ行かれます？」

信五郎がたずねた。

「橋を渡って深川《ふかがわ》の八幡《はちまん》さまへお参りしよかと思《おも》てるんですわ」

音太郎が答えた。

「浅草の観音さまなどもありますので」

物おじしないおしのが笑みを浮かべて言う。

白い絣《かすり》に格子柄《こうしがら》の紅絹色《もみいろ》の帯。簪《かんざし》には同じ色の短冊が付いている。おのずと場が華やぐいでたちだ。

「いっぺんに廻るのは大儀ですよってに、日に一つずつ廻ろかと」

おすまが笑みを浮かべた。

「何日くらいおられるつもりで？」

隠居が問うた。

「江戸見物はこれが最後ですんで、思い残すことのないように、十日くらいはと」

「それだけあったら、だいぶ回れるはずなんで」

伊勢の夫婦が答えた。

「毎朝の豆腐飯もお楽しみになさってください」

おちよが笑顔で言った。

「のどか屋の名物ですので」

おけいも和す。

「湯屋の旦那からも聞きました。食べ方まで教えてもろて」

「ほっぺたが落ちるって言《ゆ》うて」

岩本町の名物男が手回しよく伝えてくれたらしい。

「午《うま》の日だけはおりませんが、女房が代わりにつくりますので」

時吉が言った。

「わたしも手伝います」

おけいが二の腕をたたく。

「どうして午の日だけ？」

信五郎がいぶかしげにたずねた。

「師匠から請《こ》われて、長吉屋で午の日だけ料理の指南役をつとめるようになったんです。長くつとめていた料理人がおのれの見世を持つことになったので、おまえやってくれと白羽の矢が立ちまして」

次の肴をつくりながら、時吉が言った。

「ああ、そういうことですか」

力屋のあるじは得心のいった表情になった。

「だったら、千ちゃんにも教えてるんですか？」

おしのが問うた。

「そう。あいつは長吉屋に修業入りしてるんだから、半人前の料理人として厳しく教えてるよ」

時吉はそう言って白い歯を見せた。

次の肴が出た。

冷やし小芋だ。冬は煮えたてのあつあつがいいが、これから暑くなる時分にはこれがいい。

小芋は三つの段に分けて煮る。まずはだしで煮て、追いがつおをして味を含ませる。

二段目は味醂《みりん》だ。のどか屋の常連でもある流山《ながれやま》の秋元《あきもと》家が醸造した極上の味醂を使っているから、ほっこりとした甘さになる。最後に薄口醬油を加え、煮汁が煮詰まってきたところで笊《ざる》に上げ、粗熱《あらねつ》が取れるまでさましておく。

これを井戸水で冷やした器に盛り、青柚子《あおゆず》の皮をすりおろしてはらりと振りかければ、なんとも上品なひと品になる。

「これは、うちの小芋の煮っころがしとはだいぶ違いますね」

信五郎が感に堪えたように言った。

「ほんと、上品なお味」

おしのも笑みを浮かべる。

「汗をかくお客さんには、濃口醬油のどっしりした味がいちばんでしょう」

時吉が言った。

「たしかに、うちでこれを出したりしたら……」

「『なんでえ、味がしねえぜ、この芋』」

おしのがそんな声色《こわいろ》を遣《つか》ったから、のどか屋に笑いがわいた。

「このすーっとした青い粉は何ですのん？」

おすまがたずねた。

「柚子っていう実です。冬になると黄色くなって、おうどんにちょこっと入れたりするとおいしいんですけど」

おちよが答える。

「伊勢のほうにはあらしませんなあ。こら、土産話が一つ増えたわ」

音太郎がうなずく。

「武州《ぶしゅう》の毛呂山《もろやま》というところの特産で」

時吉が教えた。

そうこうしているうちに、猫たちが座敷にひょいひょい上がり、おしのと遊びはじめた。そこだけを見ると猫屋みたいだ。

「まだまだ子供だと思ってたら、背が伸びて十五になって、親はちょっとあわててます」

力屋のあるじが言った。

「分かります。そろそろ縁談があってもっちゅう年頃ですさかいになあ」

跡取り息子がいる音太郎がうなずく。

「縁談……あるかもしれませんで」

おすまが思わせぶりに言った。

「わたしに？」

ゆきを伸ばして遊んでいたおしのが驚いたように言う。

「こいつは人相を見るもんで」

音太郎が女房のほうを手で示した。

「なら、当たるかも」

おちよが笑みを浮かべた。

「えー、どうするにゃ」

おしのは猫の前足を動かした。

「みゃあ……」

しっぽにだけ縞がある白猫が、きょとんとした顔でないたから、またのどか屋にほんわかとした気が漂った。

第二章　薄造りと握り

一

「そうかい。明日は指南役かい」

一枚板の席に陣取ったあんみつ隠密が言った。

「ええ、午の日なんで。ご隠居さんも客として顔を出すと言っていました」

さっそくあんみつ煮をつくりながら、時吉が伝えた。

のどか屋は二幕目に入っていた。珍しく隠居も元締めも姿を見せなかったが、その代わり、黒四組《くろよんぐみ》の面々がのれんをくぐってきた。

将軍の履物《はきもの》や荷物を運ぶのがお役目の黒鍬《くろくわ》の者は、表向きは三組しかない。しかし、人知れず影御用をつとめる四組目が設けられている。あんみつ隠密こと安東満三郎《あんどうみつさぶろう》をかしらとする黒四組だ。

隠密の名のとおり、黒四組のかしらは神出鬼没《しんしゅつきぼつ》、悪が跳梁《ちょうりょう》するところなら日の本《ひのもと》のいずこへでも出張《でば》っていく。これまでに、抜け荷や大がかりな贋作団《がんさくだん》や盗賊など、さまざまな悪党を召し捕ってきた凄腕だ。

「千坊は達者でやってるかい」

隣に座った男がたずねた。

あんみつ隠密の手下の万年平之助《まんねんへいのすけ》同心だ。さまざまななりわいに身をやつして江戸の町を廻っているから、一見すると町方の隠密廻りのようだが、実は黒四組に属している。所属がはっきりしない幽霊みたいな男だから、幽霊同心とも呼ばれている。のどか屋の跡取り息子とは仲が良く、千吉は気安く「平ちゃん」と呼んでいるほどだ。

「ええ、気張ってやっているみたいですよ」

時吉が答える。

「こないだ帰ってきたときは、張り切りすぎてうるさいくらいで」

おちよが笑った。

「それは何よりですね」

もう一人、端に座っている若い侍が白い歯を見せた。

韋駄天《いだてん》自慢のつなぎ役、井達天之助《いだてあまのすけ》だ。その名をつづめると「いだてん」とも読める。

あんみつ隠密が諸国を廻り、幽霊同心が江戸を守る。そのあいだをつなぐのが韋駄天侍だ。

ほかに組員がいないわけでもないのだが、少数精鋭で悪党どもに網を張るのが黒四組だ。いざ捕り物ということになったら、町方や火付盗賊改《ひつけとうぞくあらため》などに根回しをして捕り方を借りる。かつては剣の達人として鳴らした時吉も助《すけ》っ人《と》に出たことがあった。

「お、出たな」

安東満三郎が「お待ち」と出された皿を受け取った。

その名も、あんみつ煮。油揚げを甘く煮て醬油を加えただけの簡明な品で、客の顔を見てからつくりはじめてもすぐできる。

「うん、甘《あめ》え」

あんみつ隠密の口から、お得意のせりふが飛び出した。

この御仁、とにかく甘いものに目がない。甘ければ甘いほど良くて、いくらでも酒が呑めるというのだから、よほど変わった舌の持ち主だ。

「こちらには縞鯵《しまあじ》の薄造りを。あとで握りもお出ししますので」

時吉がそう言って平皿を「どうぞ」と下から差し出した。

料理の皿は下から出す。ゆめゆめ「どうだ」とばかりに上から出してはいけない。それは時吉が師匠の長吉から受け継ぎ、せがれの千吉にも伝えた教えだ。

「お、ただの鯵じゃねえんだな」

万年同心が身を乗り出した。

「はい、房州《ぼうしゅう》の縞鯵が珍しく入ったもので」

時吉はそう答えると、寿司飯を杓文字で小気味よく切りだした。

寿司飯は混ぜてはいけない。酢をなじませるには、しゃっしゃっと飯を切っていくのがいちばんだ。混ぜたら粘り気が出てしまう。

「で、ここんとこはお忙しいんですか？」

座敷の片付け物をしながら、おちよが問うた。

のどか屋を定宿にしてくれている越中《えっちゅう》富山《とやま》の薬売りが遅い昼を済ませ、あきないに出かけていったところだ。

「これから忙しくなるかもしれねえ、ってとこだ」

安東満三郎が思わせぶりに答えた。

いささか顔は長すぎるが、芝居の脇役がつとまりそうなご面相だ。ただし、癖があるから役どころが難しいかもしれない。

「京《きょう》のほうから、凶暴な盗賊が江戸へ向かった形跡がありまして」

井達天之助が伝える。

「それは物騒《ぶっそう》ですね」

握り寿司の支度をしながら、時吉が言った。

「しかも、平生《へいぜい》はうまくやつしてるんだろう？……うん、こりゃ身がこりこりしてうめえや」

万年同心は縞鯵の薄造りを口に運んで笑みを浮かべた。

少しずつ重なるように盛った薄造りは、縞鯵の皮目の美しさも楽しむことができる。見てよし、食べてよしのひと品だ。

「やつしって、旦那みたいなものですか？」

呼び込みから帰ってきたおそめがたずねた。

「そうかもしれねえし、そうじゃねえかもしれねえ」

万年同心はあいまいな返事をした。

「盗賊というと、みんなで固まってきてるのかしら」

おちよが言った。

「それなら、一網打尽《いちもうだじん》にもできるがな」

と、あんみつ隠密。

「みな黒装束でも着てくれてたら、分かりやすくていいですがね」

幽霊同心が戯《ざ》れ言《ごと》めかして言った。

「そりゃ、ありがてえな。ま、何にせよ、江戸のどこへ押しこむか、相談事をしたりする場は要《い》り用だ。ひょっとしたら、旅籠の一室を借りてやらかすかもしれねえ」

安東満三郎は二階をちらりと指さした。

「怖いですね、おかみさん」

おそめが眉をひそめる。

「ま、そんなわけで、気をつけてくんな。京の嵐山《あらしやま》にちなんだ嵐組《あらしぐみ》っていう盗賊だ。荒らしとも掛けてやがる」

あんみつ隠密はそう言って、またあんみつ煮をわしっとほおばった。

そこで縞鯵の握り寿司が出た。寿司種には数々あるが、この時分の縞鯵もなかなかのものだ。

「種が良ければ、しゃりも良し。何よりいいのは、あるじの腕とおかみの笑顔」

万年同心が調子よく言った。

甘いもの一辺倒の上役と違って、こちらはなかなかに侮《あなど》れない舌の持ち主だ。

「まあ、相変わらずお上手《じょうず》で」

おちよがまんざらでもなさそうな表情で言った。

「それもうまそうだな」

安東満三郎が薄造りを箸で示した。

「甘かないですよ」

万年平之助がすかさず言う。

「なら、味醂を出してくんな。それなら甘え」

あんみつ隠密がそう言ったから、万年同心はうへえという顔つきになった。

二

黒四組の面々と入れ替わるように、伊勢の二見浦から来た夫婦がのどか屋に戻ってきた。

「今日はどちらまで？」

おちよが問う。

「浅草の観音さまへお参りさせてもらいました」

音太郎が笑顔で答えた。

「明日は芝居でも観に行こかと」

おすまが和す。

「歌舞伎《かぶき》か何かで？」

時吉が問うた。

「いえいえ、そこの橋の近くに芝居小屋が並んでますがな」

音太郎が身ぶりをまじえた。

「ああ、両国橋の西詰ですね」

おちよが言う。

「時はたっぷりあるんで、端から入ろかと思てるんですわ」

夫婦岩の茶見世のあるじは笑顔で言った。

「そろそろ帰るかねえ」

元締めの信兵衛がふらりと入ってきた。

「ご苦労さまです」

一緒に来たおこうがいい表情で言う。

大松屋や巴屋《ともえや》など、信兵衛が持っている旅籠を掛け持ちで働いている娘だ。もちろん、のどか屋の手が足りないときは手伝いに来る。

「そっちは忙しい？」

おけいがおこうにたずねた。

「ええ。内湯目当てのお客さんが長逗留されますから」

おこうが答える。

「内湯もええなあ、あんた」

おすまが乗り気で言った。

「そやな。湯屋まで行くのが面倒やさかい」

と、音太郎。

「だったら、うちから大松屋さんへ移られてはいかがです？　朝の膳だけうちへお越しいただければと」

おちよが如才《じょさい》なく言った。

「えっ、それでもよろしいんですか？」

今度は音太郎が身を乗り出した。

「長逗留の方は、そういった『いいとこどり』でも構わないということで」

元締めが笑みを浮かべる。

「なら、内湯でゆっくりして、朝はほっぺたが落ちるような豆腐飯をいただけると」

女房が亭主の顔を見た。

「そら、盆と正月が一緒に来たようなもんやなあ」

茶見世のあるじが言った。

「移らせてもらおに、あんた」

「そやな」

話はたちどころに決まった。

「では、荷をお運びしましょう」

おけいがすぐさま言った。

「これが今日の仕事納めで」

おこうも動く。

こうして、伊勢の夫婦はのどか屋から大松屋へ移ることになった。

「では、また明日の朝に」

音太郎が笑顔で言った。

「おいしい豆腐飯のお膳でお待ちしております」

時吉も白い歯を見せる。

「内湯でゆっくりなさってくださいまし」

おちよが送り出す。

滞《とどこお》りなく場が進んだ。

三

「みゃあ」

帰ってきた小太郎が高い声でないた。

「うーみゃー」

その母のゆきもうなる。

猫は難しいことを告げたりはしない。飯はまだかという催促だ。

「はいはい、ただいま」

おちよがえさの支度をする。

日が永《なが》いからまだ外は明るいが、そろそろ火を落とす頃合いになってきた。

「そろそろのれんをしまっていいかねえ、おまえさん」

猫たちにえさをやってから、おちよが時吉にたずねた。

「そうだな。早めにしまうか」

「あいよ」

おちよは表に出て「の」と染め抜かれたのれんをしまおうとした。

そのとき……。

笈《きゅう》を負うた若い男が、あたりをきょろきょろ見廻しながら近づいてきた。

おちよが手にしているものを見て、はっとしたような表情になる。

「お泊まりでしたら、ご用意できますが」

客だと思ったおちよは如才なく声をかけた。伊勢の夫婦が移ったこともあり、今日はまだ空き部屋がある。

「あの……ここはのどか屋はんですやろか」

若者はつばを呑みこんでから、勇《ゆう》を鼓《こ》すようにたずねた。

言葉に上方の訛りがある。

「はい、さようですが」

と、おちよ。

「わたし、京から来ましてん。向《む》こののどか屋はんに文を書いてもろて、ここで江戸の料理の修業をさせてもらおと思て」

若者は意外なことを言いだした。

「まあ、とにかくお入りください。……おまえさん、京ののどか屋さんからいらしたそうで」

身ぶりで招じ入れると、おちよは時吉に伝えた。

「京造《きょうぞう》さんのところから？」

厨の火を落とし、後片付けを始めていた時吉がたずねた。

わけあって、老舗《しにせ》の料理屋を立て直すために京へ赴いたことがある。紆余曲折《うよきょくせつ》があり、京にものどか屋という見世ができることになった。あるじは京造で、おかみはおさち。その後も繁盛していることは、たまに届く文で分かった。

「へえ、さようで。文も書いてもろたんですけど、箱根の関を抜けたあとに追《お》い剝《は》ぎに遭《お》うてしまいましてな」

若者は情けなさそうな顔つきになった。

「まあ、それはそれは」

おちよは気の毒そうに言った。

「銭も盗られたんで？」

時吉が訊く。

「巾着《きんちゃく》を二つに分けといたんで、なんとか江戸まで来られたんですわ。そやけど、せっかく京造師匠に書いてもろた文をなくしてしもて」

若者は髷《まげ》に手をやった。

「ところで、名は？」

おちよが思い出したように問うた。

「為助《ためすけ》て言《ゆ》います。為に助ける、で」

「京造さんの弟子だと」

時吉があごに手をやる。

「へえ。向このどか屋でしばらく修業さしてもろてたんですけど、江戸の本家の話を聞くにつけて、江戸の料理の修業をしたいなと……なんやこう、むらむらとわきあがってくるものがありましてなあ」

為助は手つきを添えて言った。

「修業をして、京で江戸料理の見世を出す肚《はら》づもりで？」

時吉はたずねた。

「まだそこまでは考えてまへん。兄が家を守ってくれてて、おまえは好きにせえと言うてくれてるんで、どうあっても戻らなあかんっていうわけやないんです」

為助は答えた。

「なら、とりあえず荷を下ろして、今晩は泊まってもらいましょう」

おちよが時吉の顔を見て言った。

「そうだな。その前に……」

時吉は思案げに言葉を切ってから続けた。

「京ののどか屋のおかみの実家《さと》はどこにあるか知ってるか？」

時吉は妙なことをたずねた。

「へえ、京の太秦《うずまさ》ですけど」

為助はいぶかしげに答えた。

「おとっつぁんの名は？」

「おかみのおさちはんのですか？」

「そうだ。おまえのおとっつぁんの名を訊いてどうする」

「安蔵《やすぞう》はんですけど」

そのやり取りを聞いて、勘のいいおちよは思い当たった。

京から嵐組という盗賊が江戸へ流れてきているとあんみつ隠密から聞いたばかりだ。

京ののどか屋へ通っていれば、話のつじつまは合わせられる。文は都合よく追い剝ぎに盗られたことにしているのかもしれない。もしそうだとすれば、泊めるのはどうだろう。

おちよはそう考えたが、先に時吉が言った。

「いいだろう。ずっと旅籠の部屋を貸すわけにはいかないから、浅草の長屋へ移ってもらうかもしれないが、京造さんの紹介ならば弟子に取ろう」

「あ、ありがたく存じます」

為助の顔がぱっと晴れた。

四

おちよの心配はどうやら杞憂《きゆう》のようだった。

京ののどか屋でも、本家仕込みの豆腐飯を出している。ならば、つくり方も分かるはずだ。万が一、盗賊の手下が身をやつしているのなら、上手《じょうず》にはつくれまい。

「向こうでもやらせてもろてましたんで」

為助はそう言うと、慣れた手つきで豆腐飯をつくりだした。

甘辛く煮た豆腐をほかほかの飯にのせ、まず上の豆腐を匙《さじ》ですくって食す。しかるのちに、わっとまぜて味わう。葱や刻み海苔《のり》などの薬味《やくみ》を加えていただく。一膳で三たびの味わい方ができるのどか屋の名物だ。

「さすがは京ののどか屋で修業しただけのことはあるわね」

おちよが笑顔で言った。もう疑いはきれいに晴れていた。

「へえ、京でも評判で」

為助がいい表情で答えた。

格別に男前ということはないのだが、江戸まで修業に来た芯《しん》の強さがよく表れた、いい面構えだ。

「お、知らねえ顔だな」

「新入りかい？」

朝の膳だけ食べにきたなじみの大工衆が声をかけた。

「京から修業に来させてもらいましてん」

為助がすぐさま答えた。

「京ののどか屋で修業をしていたそうで」

おちよが伝える。

「へえ、京にものどか屋があるのかい」

「おめえ知らねえのか、のどか屋は津々浦々にあるんだぞ」

大工の一人がいい加減に話をふくらませた。

そのうち泊まり客が次々にやってきて、座敷は相席になった。

「おはようさんで」

伊勢の夫婦も大松屋からやってきた。

「いかがでしたか？　あちらは」

おちよがたずねる。

「ほんまにええ内湯で、ゆっくりさせてもらいましたわ」

おすまが笑顔で答えた。

「ほんで、けさはのどか屋はんの豆腐飯をいただける。こら、極楽ですわ」

音太郎も上機嫌だ。

ちょうど一枚板の席に空きができたので、手を動かす為助と向かい合うようになった。

「今日から修業に入った為助で」

時吉が紹介した。

「京から修業に来させてもらいましてん」

為助が物おじせずに言う。

「わたしらは、伊勢の二見浦からで」

音太郎が言った。

「近いですなあ」

と、おすま。

「伊勢と京はだいぶ遠いで」

「江戸より近いわ」

夫婦がそんな話をしているうちに、

「へえ、お待ちどおさんで」

と、為助が豆腐飯の膳を差し出した。

時吉はしっかりとその手元を見ていた。京造の教えがいいのだろう、膳は正しく下から出されていた。これなら大丈夫だ。

「おお、来た来た」

「今日は小鉢もおいしそうで」

「今日も、やで」

「そやな」

伊勢の夫婦はさっそく箸を取った。

ほかほかの豆腐飯に加えて、汁と小鉢がつく。今日は浅蜊汁《あさりじる》だ。殻《から》を椀の蓋《ふた》に入れる音が見世のそこここで響く。

「こうやって銭が貯まりゃいいんだがよ」

「呑めば呑むほど出ていくばっかりだから」

「大《てえ》した銭じゃあるめえ。ほれ、ちゃりん」

座敷の大工衆はにぎやかだ。

小鉢は豆と昆布の煮物と青菜のお浸しだ。すべて食せば身の養いになる。昼はここに焼き魚や刺身などが日替わりでつく。なかには朝も昼ものれんをくぐってくれる常連客もいた。

「よし、次の仕込みだ、為助」

時吉が声をかけた。

「へーい」

為助が奥の大鍋のほうへ進む。

そのわずかな間を見計らい、おちよが伊勢の夫婦に近づいた。

「あの人、どうでしょう？」

おすまに向かって小声で問う。

人相を読む女に、念のために訊いておきたかったのだ。

おすまは箸を止めて答えた。

「ええお弟子さん、取らはりましたな」

それを聞いて、おちよはにわかに笑顔になった。

第三章　銀皮造りと小判焼き

一

「だいぶ板についてきたじゃないか」

一枚板の席で、隠居の季川が目を細めた。

「なかなか堂に入った手つきだよ」

その隣で元締めの信兵衛が言う。

「天麩羅は京ののどか屋でも修業させてもらいましたんで」

明るい表情で言うと、為助は次の鱚《きす》を鍋に投じた。

のどか屋の二幕目はもうかなり進んでいた。明日は午の日で時吉が長吉屋へ指南役に行く。朝からだから、前の晩より泊まりこみだ。よって前日は早めに火を落として支度を整えるようにしていた。

「その鱚が終わったら、しまいにかからせていただきますので」

時吉が言った。

「なら、一緒に浅草まで行くかい」

と、隠居。

「雨も降らなさそうだし、みなでゆっくり行こうじゃないか」

元締めも言った。

「旅籠のお客さんのほうは大丈夫なので、みんなで帰って」

おちよがおけいに言った。

「そうですね。明日は朝番なので」

おけいが笑みを浮かべる。

時吉が長吉屋で指南役を行うときは、おけいが厨に入って豆腐飯を手伝う。それでいい按配に動いていた。

「へえ、お待ち」

鱚の天麩羅が揚がった。

為助が慣れてきた手つきと表情で一枚板の席に出す。

「江戸前の魚の天麩羅はどうだい」

　信兵衛がたずねた。

「そら、もう、揚げ甲斐がありますわ。京は前に海があらしまへんので」

　為助が答える。

「鱧《はも》天などはあるだろう？」

　と、隠居。

「へえ、鱧の骨切りはようやりましたけど、やっぱり魚の天麩羅は江戸の勝ちですわ」

　京から修業に来た若者は言った。

「ことにこの白鱚は江戸の三大天麩羅種の一つだからね……うまいよ」

　と、元締め。

「からっと揚がってるじゃないか」

　隠居の白い眉も下がった。

　あとの二つは鯊《はぜ》とメゴチ、いずれも恵みの味だ。

「ありがたく存じます」

　為助は江戸風の礼を述べた。

時吉が目を細める。

修業に入って間もないが、料理の筋が良く、物憶えがいい。物おじせず、客あしらいもうまい。皿も下から出る。これなら、どんな見世でもやっていけそうだ。

ややあって、支度が整った。

大松屋からおこうも来て、一緒に帰ることになった。為助だけは初めての浅草行きだ。

「なら、頼むぞ」

時吉がおちよに言った。

「はい、行ってらっしゃい」

おちよが笑顔で答える。

もう初代と変わりのない大きさになった二代目のどかも、ひょこひょこと見送りに出る。

「元気でね、のどか」

おけいが声をかけた。

「みゃ」

分かったにゃとばかりに、二代目の守り神が短くないた。

二

「まずは長《ちょう》さんにあいさつだね」

並んで歩きながら、隠居が言った。

「そうですね。孫弟子になりますから」

時吉が言う。

「明日は本当の孫と一緒に修業することになるわけだ」

元締めも笑みを浮かべる。

「わたしはどこへ泊まればええんでしょう」

為助がたずねた。

「とりあえず、千吉の長屋に入らせてもらえばいいだろう」

時吉が段取りを示した。

「師匠は？」

「わたしは指南役だから、長吉屋の客扱いだ」

時吉が笑って答えたとき、向こうからえらい勢いで荷車が走ってきた。

いくらか坂になっているところで、下りだから弾《はず》みがついている。

「どけ、どけっ」

「邪魔やでっ」

荷車引きの荒っぽい声が響いた。

「危ない」

おけいが声をあげる。

おそめとおこうがあわてて道の端へよけた。

荷車は大きな音を立てて一行の脇を通り過ぎていった。

荷車引きの半纏《はんてん》の背には、丸に手という屋号が染め抜かれていた。

それを為助はぐっとにらみつけた。

「ずいぶんと荒っぽいね」

隠居が眉をひそめた。

「横倒しにでもなったら大変で」

時吉も言う。

「ああいうたちの悪い荷車引きには注意しないとね」

元締めも厳しい顔つきで言った。

そんなひと幕もあったが、滞《とどこお》りなく浅草に着いた。

「では、明日は長吉屋へ行くよ」

隠居が言った。

「お待ちしております」

と、時吉。

「気張ってやりなさいよ」

元締めが為助に言った。

「へえ」

三

京ののどか屋から来た若者は、ことのほか気の入《はい》った声で答えた。

「そうかい。京から修業に来たのかい」

長吉がそう言って、茶を少し啜《すす》った。

「へえ、よろしゅうお願いいたします」

いくぶん緊張の面持ちで、為助は頭を下げた。

「おれはもう半ば隠居みてえなもんだからよ。時吉に教わりな」

髷がだいぶ白くなってきた豆絞りの古参の料理人が言った。

「とりあえず、明日はわたしが指南役で」

時吉が言う。

「おう。しごいてやってくんな」

長吉が湯呑みを置いたとき、掃除を終えた千吉がほかの弟子たちと一緒に入ってきた。

「あっ、師匠」

時吉に向かって言う。

実の父だが、料理の師匠だ。祖父の長吉は大《おお》師匠になる。

「京ののどか屋から修業に来た為助だ」

時吉が身ぶりをまじえて紹介した。

「へえ、京ののどか屋から」

千吉が目を丸くした。

「為助と言《ゆ》います。跡取りの千吉坊ちゃんで」

「いや、ただの千吉で」

千吉があわててそう言ったから、長吉の目尻にしわが浮かんだ。

「おめえら、一緒の長屋に泊めてやれ」

長吉が言った。

「これからずっとですか？」

千吉の兄弟子で、房州の館山《たてやま》から来た信吉《しんきち》が言った。

「とりあえず今日だけで、あとはのどか屋で修業してもらうつもりだよ」

時吉が横から答えた。

「おめえもあいさつしな」

長吉がいちばん年若の弟子にうながした。

「いちばん下の、寅吉《とらきち》です」

背丈も低いわらべに毛の生えたような弟子がぺこりと頭を下げた。

亡き兄、益吉《ますきち》の遺志を継いで潮来《いたこ》から修業に来た最も年若の弟子だ。長吉はもう弟子は取らないと公言しているから、寅吉が「最後の弟子」ということになる。

「よろしゅうに」

為助が笑みを浮かべた。

「おめえの弟子だから、べつに為吉《ためきち》にしなくたってかまわねえからな。『時』をつけてやってもいいけどよ」

半ば戯れ言めかして、長吉が時吉に言った。

「時為《ときため》や為時《ためとき》だったら、武将みたいになってしまいますから」

時吉がそう答えたから、場に和気が満ちた。

四

「なら、一緒に湯屋にでも行ってこい」

時吉は千吉に言った。

「はあい」

千吉がいい声で答えた。

指南役の時吉が長吉屋に戻ったあと、千吉、信吉、寅吉、それに為助の四人は仲良く湯屋へ言った。京ののどか屋のことなど、話はずいぶんと弾み、たちまち打ち解けた。

長屋へ戻る途中、屋台に立ち寄った。すっかりなじみになった留蔵《とめぞう》の屋台だ。

「あれ、この豆腐煮は……」

出されたものを食すなり、為助は驚いたような顔つきになった。

「留蔵さんものどか屋で修業したんだよ」

千吉が教えた。

「ああ、道理でおんなじ味やと思た」

得心のいった顔つきで、為助は答えた。

「修業が終わったらどうするんだい。京へ帰るのかい」

屋台のあるじがたずねた。

「いや、何にも思案せんと江戸へ来たんですわ」

為助はそう言って、うまそうに豆腐煮を口に運んだ。

「よく思い切りましたね。おらにはとてもできねえべ」

信吉が感に堪えたように言った。

「風に吹かれて、西から流れてきた風来坊なんで」

為助はそう言って笑った。

締めに蕎麦を頼んだ。もうすぐ川開きとはいえ、日によっては夜は風が冷たくなる。

あたたかい蕎麦が五臓六腑《ござうろっぷ》にしみわたる。

「初めて江戸の蕎麦を見たときは、そらもう、びっくりしたで」

為助が言った。

「どうして？」

千吉が訊く。

「麺が細かったから？」

寅吉もいぶかしげな顔つきになった。

「見てみい」

為助は丼を示した。

「江戸の蕎麦はつゆが黒いさかい、底が見えへん。それにびっくりしたんや」

京から来た若者が言った。

「京の蕎麦は底が見えるの？」

寅吉が逆にびっくりしたような顔つきになった。

「上方は薄口醬油だからな。つゆが薄いんだ」

留蔵が笑って教えた。

「初めは恐る恐る食うてみたけど、これはこれでおいしいわ」

為助はそう言って箸を動かした。

「そのうち江戸の味に舌が慣れるかも」

千吉が言う。

「はは。帰りとうなくなるかもしれんな」

西から風に吹かれてきた若者が笑みを浮かべた。

五

「鰹《かつお》は皮つきの腹のほうの血合いを取る」

時吉が手本を見せた。

翌朝の長吉屋の厨だ。

長吉は指南役を時吉に任せ、若くして亡くなった女房の墓参りがてら、弟子の見世の見廻りに行っている。いずれは見世を譲り、体が動くうちに遍路《へんろ》に出たいというのがかねてよりの願いだが、そうすぐには果たせそうにない。

「それから、筋おろしだ。包丁でこうやって一つずつ切り目を入れながら、薄めの引き造りにしてやる」

時吉はなめらかに包丁を動かした。

その手元を、食い入るように為助が見つめる。

千吉や信吉、それに寅吉も懸命に背伸びをして見ていた。

「前に三切れ、後ろに五切れ、いくらか向きを変えて盛り付ける。そうすると、流れができる」

「流れと言《ゆ》いますと？」

為助が問うた。

「鰹が泳いでいるように見えたほうがうまそうだろう？」

時吉は笑みを浮かべた。

「ああ、そういうことか」

為助は得心のいった顔つきになった。

「その身を引き立てるのが、背景になるつまやけんだ」

時吉は手本を見せた。

鰹の銀皮造りの奥に、大葉《おおば》と防風《ぼうふう》を緑の木に見立てて置き、茗荷《みようが》のけんを添える。

さらに、大根と生姜《しようが》をおろしたものを脇に盛れば、海辺の景色に見立てた小粋な肴になる。

「お客さんの目からきれいに見えるように、気を遣《つか》って盛るんだ」

時吉は教えた。

「へいっ」

弟子たちがいい声で答える。

「器も間違っちゃいけない。無駄に大きな平皿に盛ったりしたら、肝心の料理が貧相に見える」

時吉は器を示した。

銀皮造りを盛ったのは、縁《ふち》が青い洒落《しやれ》た小鉢だ。この大きさなら、料理がなおさらうまそうに見える。

「よし、次だ」

時吉は次の料理に移った。

同じ鰹でも、今度は小判焼きだ。

鰹を血合いまでよくたたき、味噌を加え、刻んだ葱と生姜をたっぷり入れてさらに念入りにたたく。

「よし、やってみな」

途中まで手本を見せた時吉が言った。

「へい」

弟子たちの声がそろう。

厨のそこここで包丁を動かす小気味いい音が響きはじめた。

（ほう……）

時吉は瞬きをした。

為助の包丁の動き方は堂に入ったものだった。年季の入った兄弟子より速い。

「よし、そのへんでいいだろう」

指南役は声をかけた。

「たたき終わったら、丸めてつぶし、小判のかたちにきれいにまとめる」

時吉はまた手本を見せた。

ここでも為助の手つきは水際立っていた。小判のかたちがだれよりも美しい。

「まとまったら、平たい鍋に油を控えめに引き、表と裏をこんがりと焼く。それから、照り焼きだ。酒が多めで、醬油が少々」

「師匠、味醂は？」

千吉がたずねた。

「入れなくていい」

時吉はすぐさま答えた。

「これは渋い酒の肴だ。甘みは要らない。味噌も辛いのを使え」

「はいっ」

千吉はいい声で答えた。

「あとは白髪葱《しらがねぎ》をのせ、二杯酢をいくらかかければ出来上がりだ。よし、器を選んで持ってこい」

時吉は命じた。

浅草の名店だから器はとりどりにそろっている。古参の料理人や客の世話をする年季の入った女たちからも教えを受け、若い料理人たちは思案しながら器を選んで鰹の小判焼きを盛り付けた。

「これじゃ大きすぎる。せっかくの料理が台無しだ」

指南役は大きめの皿を爪で弾いた。

「こっちは小さい。小判の背が曲がらないようにしな」

若い弟子のやることだから、粗《あら》はむやみに目立った。

ここでも為助の器選びはたしかだった。斑《ふ》の入った青い皿に料理がよく映えている。つんもりと盛った白髪葱のさまも申し分なかった。

「よくできてるな。言うことなしだ」

時吉は為助の小判焼きをほめた。

「ありがたく存じます」

京から来た若者は笑みを浮かべて一礼した。

六

「おっ、やってるね」

長吉屋に姿を現すなり、隠居の季川が言った。

厨には今日の花板《はないた》の時吉とともに、為助が立っている。

「へい、初日からええとこに立たせてもろて」

包丁を動かしながら、為助が言った。

「料理の筋がいいので、あとは客あしらいの稽古をと思いまして」

時吉が頼もしそうに言う。

「なかなか堂に入ったものだよ」

同じ一枚板の席に陣取った長吉屋の常連が言った。

「これならすぐ見世を出しても流行《はや》りそうだ」

その連れが和す。

こうして一枚板の席で出す料理と、落ち着く座敷の会席料理、どちらも味わえるのが浅草の名店、長吉屋だ。

「そうかい。なら、何かつくっておくれでないか」

季川が温顔で言った。

「朝から師匠に教わってた鰹の銀皮造りに小判焼き、それに、手こね寿司もおつくりできますが」

為助はよどみなく言った。

「ちょっと小腹が空いてるから、まずは寿司がいいかね」

と、隠居。

「それなら、わたしにも」

常連も次々に手を挙げた。

「承知しました。ちょっと待っておくれやっしゃ」

為助は張り切った声で答えた。

ほどなく、千吉が奥から手を拭きながら入ってきた。

「おお、千坊、気張ってるかい？」

隠居が問う。

「うん。芋の皮むきばっかりだけど」

千吉が身ぶりをまじえて答えた。

「そりゃあ、まだ追い回しだからな」

時吉が言った。

「悪いなあ。わいだけこんなんやらせてもろて」

手こね寿司の仕上げをしながら、為助が千吉に言った。

鰹の身はすでにづけにしてある。醤油と酒に生姜のしぼり汁を加えるのが勘どころだ。これを寿司飯にまぜ、白胡麻《しろごま》と刻んだ青紫蘇《あおじそ》と沢庵《たくあん》を加えて仕上げれば、さわやかな鰹の手こね寿司の出来上がりだ。

「まだ十年早いから」

千吉がそう言ったから、長吉屋に笑いがわいた。

「もうちょっと短くなるだろうよ」

常連が言う。

「指南役の見世の跡取り息子だからね」

隠居の白い眉が下がった。

「師匠からここを継げと言われたら、おまえにのどか屋の厨をやってもらわないと」

時吉がまだいくぶんは戯《ざ》れ言《ごと》めかして言った。

「できるかなあ」

千吉が首をかしげたとき、手こね寿司ができた。

「はい、お待ち」

為助が深めの皿を下から出す。

彩りの豊かな手こね寿司が、まず年長の隠居に供される。

「後になってすんません。鰹の手こね寿司でございます」

続いて、常連とつれの客に、為助は腰を低くして料理を出した。

その様子を、時吉は頼もしそうに見守っていた。気になるところがあったら直してやろうと思っていたのだが、いまのところ見当たらない。逆に、おのれのほうが学びになるくらいだった。

「うまいね」

隠居が食すなり言った。

「食べ味の違いもよろしおすやろ」

京から来た若者が笑みを浮かべた。

「とろっとした鰹に、こりっとした沢庵。ちょっと遅れて青紫蘇の香りも伝わってくる。こりゃあ言うことなしだね」

　季川が満足そうに言った。

「余ったら賄《まかな》いでつくろうっと」

　千吉が笑顔で言った。

「おーい、千吉」

　奥から声がかかった。

「手が足りねえんだ。早くしな」

　兄弟子の声だ。

「はあい、ただいま」

　修業中の跡取り息子はあわてて戻っていった。

　その様子を見て、長吉屋の一枚板の客はこぞって笑みを浮かべた。

第四章　あら煮と芋の膳

一

「えらい長々と世話になりました」

江戸に長逗留をしていた客が頭を下げた。

伊勢の二見浦で茶見世を営む音太郎だ。

「こちらこそ、ありがたく存じました」

のどか屋の表まで出て、おちよが礼を述べた。

おけいとおそめ、それに、時吉と為助もいる。

「これでもう思い残すことはあらしませんわ」

女房のおすまがさっぱりした顔つきで言う。

十日を越える長逗留になった。そのあいだ、朝は欠かさずのどか屋名物の豆腐飯を食べ、ほうぼうの名所を廻り、大松屋の内湯に浸かってゆっくりする。そんな毎日だった。あいにくの雨模様の日には、のどか屋の座敷に二幕目から居座ることもあった。ほかの客たちとも顔なじみになった。

「江戸の名所へ沢山《ようけ》行ったさかいにな」

音太郎が女房のほうを見た。

「目黒《めぐろ》のお不動さんや鬼子母神《きしもじん》にもお参りさせてもろて」

おすまが笑みを浮かべる。

「いままで貯めてきた分を吐き出してしもたんで、二見へ帰ったら稼がなあきまへんな」

と、音太郎。

「壺焼きをたくさん焼いて、気張ってくださいまし」

時吉が白い歯を見せる。

「ああ、食べとなってきた、さざえの壺焼き」

為助がつばを呑みこむ。

「達者にしとりや」

おすまがすり寄ってきた小太郎の首筋をなでてやった。ゆきはいくらか臆病なところがあるが、ほかののどか屋の猫たちは客に慣れているから物おじしない。

「江戸の神社仏閣をたくさん回られたんですから、商売繁盛間違いなしですよ」

おけいが調子よく言った。

「まあ、気張ってやりますわ。ほな、そろそろ……」

音太郎がおすまをうながした。

「なら、世話になりました」

もう一度礼をしたおすまは、ふと顔を上げるなり瞬きをした。

そして、為助に向かって言った。

「気張って修業しいや。そのうち、ええ風が吹いて来るやろから」

何がなしに思わせぶりに言う。

「へえ、気張ってやります」

為助は素直に受け取って頭を下げた。

二

「おう、こりゃ吉太郎《きちたろう》に教えてやらにゃな」

岩本町の名物男が言った。

「鰤《ぶり》かぶら寿司か。かぶらがいい仕事をしてるじゃねえか」

例によって、富八が野菜のほうをほめる。

「ほんまは聖護院《しょうごいん》かぶらでつくりますねんけど、江戸にはおまへんよってに」

為助が厨から言った。

「砂村《すなむら》の義助《ぎすけ》さんのところから、冬になると金時《きんとき》人参や九条葱《くじょうねぎ》などは入るんですが」

その脇で時吉が言う。

「種を撒《ま》いても、ちゃんと育つ京野菜とうまく育たないものがあるみたいですね」

猫のえさ皿を片づけながら、おちよが言った。

「まあ、そやけど、普通の蕪《かぶ》でも千枚漬《せんまいづけ》によう似た感じにはできますんで」

と、為助。

「何か京らしい料理をと言ったら、まずこれの仕込みにかかったんだからな」

時吉が笑みを浮かべた。

「お、そうだ。いま名を出したついでだが、吉太郎とおとせの『小菊《こぎく》』でも修業してえのなら、すぐ言ってやるぜ」

湯屋のあるじが言った。

おとせは寅次の娘だから、細工寿司とおにぎりの名店「小菊」のあるじの吉太郎は義理の息子になる。

「細工寿司もちょっとかじったことがあるんで、それはぜひ」

為助は乗り気で言った。

「なら、いつでもどこへでも修業に行っていいぞ。もうあんまり教えることもないからな」

時吉は笑みを浮かべた。

「いやいや、まだまだ教わることばっかりで」

と、為助。

「先々《さきざき》、どんな見世をやりたいか、絵図面はできているのかい？　それに合わせて修業や舌だめしをするっていう手もあるじゃないか」

炊き合わせに舌鼓《したつづみ》を打ちながら、隠居が言った。

「京と江戸のええとこどりができればなあっちゅう、ぼんやりした絵図面しかおまへんねん。まあ、こうやって、お客さんとやり取りしながら料理をつくるのがいちばん性に合《お》うてるんで、ありがたいことやと思てます」

為助は白い歯を見せた。

「客とやり取りをするんなら、うちの番台に座ってみるかい」

寅次が言う。

「料理と関わりがねえじゃねえっすか」

すかさず富八が言った。

「なら……ところてんでも出すか」

寅次が思いつきを口走る。

「湯上りにところてん……それはおいしいかも」

おちよが言った。

「わらべには甘い蜜をかければ喜ぶよ」

隠居も水を向ける。

「うちの子が大好きで」

おけいが言った。

「いまいくつだい」

湯屋のあるじが問う。

「早いもので、もう八つになります」

おけいが笑顔で答えた。

大火のなかを背負って逃げた善松《ぜんまつ》はすっかり大きくなった。同じ浅草だから、このあいだは休みの日の千吉と一緒に遊んだそうだ。

「そうかい。こっちの孫は七つだから、一つ違いだな」

岩本町の名物男はそう言って、今度は金時人参と飛竜頭《ひりょうず》の炊き合わせに箸を伸ばした。

「おお、甘え」

人参を食すなり言う。

「それじゃ、あんみつの旦那みてえですぜ」

野菜の棒手振りがそう言ったから、のどか屋に笑いがわいた。

そのとき、表で人の話し声がした。

呼び込みに出ていたおそめとおこうが客を案内してきたのかと思ったが、そうではなかった。

のどか屋ののれんをくぐってきたのは、力屋のあるじの信五郎と看板娘のおしのだった。

三

「わあ、京から修業に来たんだ」

物おじしないおしのが一枚板の席から言った。

父は座敷の岩本町組にまじったが、娘は隠居と元締めから招かれるままに厨の前の席に座った。

「そやねん、西からの風に吹かれて」

次の肴の支度をしながら、為助が言った。

「江戸はどうです?」

おしのが問う。

「見るもん聞くもん食べるもん、どれもこれも学びやね」

為助が笑って答えた。

「京の味が恋しくなったりしません?」

猫好きの明るい娘がたずねた。

「うーん、そやね、ときどきは」

と、為助。

「どういう料理が恋しくなったりします？」

「鱧《はも》の梅肉和《ばいにくあ》えとか、京ののどか屋でお出ししてたんで」

為助はおしのに答えた。

「鱧は骨切りにこつが要るからな」

鮎の背越しをつくりながら、時吉が言った。

「そうですねん。それから湯引きして、梅干しをたたいて醬油と味醂でのばしたたれで和えたら、そらもう、うまいのなんの」

為助は本当においしそうな顔つきになった。人の好さがにじみ出たような表情だ。

「おいしそう」

そう言ったおしののひざに、ひょいと小太郎が飛び乗る。

すっかり顔なじみで、猫をあやすのがうまいから、どの猫もおしのが大好きだ。

「むかし京で食べたことがあるけれど、あれは美味だったねえ」

隠居が遠い目つきで言った。

「かつては日《ひ》の本《もと》じゅうを旅しておられたんですからね」

元締めが言う。

「そりゃ、芭蕉《ばしょう》か季川かと言われるくらいだから」

座敷から寅次の声が飛んだ。

「だれもそんなことは言わないよ。いまはここと浅草を行ったり来たりするのがせいぜいだがね」

と、隠居。

「でも、お元気で何よりです。たまにはうちにもいらしてください」

おしのが如才なく言った。

「うちは力の出る料理ばっかりなんだから」

父の信五郎がたしなめるように言う。

「へえ、そら行ってみたいな」

為助が言った。

「なら、力屋さんに修業に行ってもいいぞ。……はい、お待ち」

時吉が鮎の背越しを一枚板の席に出した。

こちらは蓼酢《たでず》でいただく小粋な江戸の味だ。

「行ってもええんでしたら、行ってみたいですね。力の出る料理をこしらえるのもおもろそうや」

為助は乗り気で言った。

「それは、ぜひ」

年頃の娘が笑みを浮かべる。

蝶をかたどった山吹色のつまみかんざしはいささか派手だが、おしのの笑顔にはよく似合っていた。

「『小菊』の細工寿司の修業のほうはどうするんでえ」

寅次が訊いた。

「そっちのほうがいいんじゃねえか？　うちはべつにわざわざ京から来て憶えるような料理じゃねえから」

信五郎が言った。

「うーん……そやけど」

為助はちらりとおしのの顔を見てから続けた。

「江戸の力の出る飯屋はんの料理をつくってみとうなりましたんで」

それを聞いて、おしのの顔がぱっと華やいだ。

四

段取りはとんとんと進んだ。

翌日から、為助は馬喰町の力屋で修業をすることになった。朝が早いから住み込みだ。のどか屋の旅籠のほうは年中休みがないが、小料理屋の二幕目は折にふれて休む。時吉が長吉屋の指南役をつとめる日のほかにも、のれんを出さない日はあった。

ちょうど巡り合わせがよかったから、旅籠はおけいとおそめに任せ、時吉とおちよは久々に連れ立って出かけた。むろん、向かったのは馬喰町の力屋だ。為助がちゃんとやっているかどうか、この目でたしかめておきたかった。

「あら」

力屋ののれんが見えてきたとき、おちよの瞳が輝いた。

「おう、まだ達者だな」

時吉の顔もほころぶ。

力屋の横手で、貫禄のある大きなぶち猫が寝そべっていた。もとはのどか屋の飼い猫だったやまとだ。力屋の入り婿めいたものになってからは、ぶちとその名を改めている。

「長生きだねえ、やまと……じゃなかった、ぶち」

おちよはしゃがんで老猫の背をなでてやった。

近くにはつれあいのはっちゃんと子もいる。もうかなりの歳だが、家族に恵まれて息災に暮らしているらしい。

「もうのどか屋にいたことなんか忘れただろう」

時吉が言った。

「こっちのほうがずっと長いものね。……おお、よしよし」

おちよがやさしくなでると、大きなぶち猫はごろごろと気持ちよさそうにのどを鳴らした。

「あっ、声がすると思たら」

そう言いながら、為助が出てきた。

白いねじり鉢巻きがさまになっている。飯屋の若あるじでも通りそうな面構えだ。

「気張ってやってるか？」

時吉が声をかけた。

「ええ、やらせてもろてます。まあ、どうぞ。おかみさんも、ようお越し」

為助はおちよにも調子よく声をかけた。

のどか屋の二人がのれんをくぐると、力屋の面々がそれぞれにいい声を響かせた。

「ああ、いらっしゃいまし」

あるじの信五郎が右手を挙げる。

「ようこそのお越しで、おじさんとおばさん」

看板娘の笑顔が弾けた。

「お座敷、いま片づけますんで」

おかみがてきぱきと動いた。

小上がりの座敷もあるが、茣蓙《ござ》を敷いた土間のほうがよほど広い。ちょうど褌《ふんどし》一丁の荷車引きたちが丼飯をかきこんでいた。いたって男臭い見世だ。

「弟子はちゃんとやっておりましょうか」

時吉が信五郎にたずねた。

「朝から気張ってくれてますよ。見事な包丁さばきで、こっちが学びになるほどで」

力屋のあるじが笑顔で答えた。

「朝は刺身が出るからよ」

「おれら、朝も昼も来てやってんだ」

「べっぴんの顔を拝みがてらよ」

客が口々に言う。

「しょっちゅうおまけはしませんからね」

おしのが軽くいなすように言った。

「けっ、しっかりしてるぜ」

「まあ、よくまけてもらってるからよう」

荷車引きたちが言った。

「昼はあら煮の膳しかございませんのですが」

おかみが申し訳なさそうに言った。

「納豆や豆腐などはお付けできますんで」

為助が壁にずらりと並んだ貼り紙を指さした。

もう長くやっているかのような調子だ。

「なら、納豆と青菜のお浸しをつけてくれるか」

時吉は言った。

「へい、承知しました」

為助がいい声を響かせた。

「おかみさんは？」

おしのが問う。

「そうねえ……」

おちよは貼り紙をあらためた。

格別に凝った料理は見当たらないが、どれもこれもおいしいそうで目移りがする。

「じゃあ、膳のご飯は控えめで、昆布と豆の煮物をつけてくださるかしら」

「承知しました。ありがたく存じます」

おしのがぺこりと頭を下げた。

桃割れの髷に挿しているのは、今日は普通のかんざしだ。銀色の短冊が軽やかに揺れる。

あら煮の膳には、たっぷりの芋の煮付けと香《こう》の物、それに、お代わりができる味噌汁がつく。これにとりどりの小鉢をつければ、食いでがあって身の養いになる膳となる。それぞれの小鉢は値《あたい》を抑えてあるから、巾着《きんちゃく》にもやさしい見世だ。

力屋の客は長居をしない。うまい飯をわしわしと平らげると、銭を置いて見世を出て、すぐさまつとめに戻っていく。

「おっ、なんでえ」

「見世を間違えたのかと思ったぜ」

時吉が顔を上げると、よく朝の豆腐飯を食べにきてくれる大工衆だった。

「今日は二幕目が休みなので」

時吉が言った。

「為助さんがここで修業を始めたので、いただきに来たんですよ」

おちよが笑顔で告げる。

「あ、言われてみりゃ」

「京から来た弟子じゃねえかよ」

「ほうぼうで修業してるんだ」

大工衆が口々に言った。先日のどか屋に来たばかりだから、為助とは見知り越しだ。

「江戸の味を教わってますわ」

膳をつくる手を動かしながら、為助が言った。

「どうでえ、のどか屋とはまた違うかい」

大工の一人が問う。

「へえ。見世によって持ち味が違うんで、学びになりますわ。ここは汗かくつとめのお客さんが多いんで、塩気をきつめにせんとあきません。それで身がしゃきっとするんです」

　為助はよどみなく答えた。

「分かってるじゃねえか」

「味噌汁もここは濃いめだからよ」

「それがまたうめえんだ」

　大工衆がさえずる。

「へえ、その濃いめの味噌汁のついたあら煮と芋の膳でございます」

　為助が盆に料理をのせた。

「頼むで、おしのちゃん」

「はあい。お味噌汁、お代わりできますんで」

　おしのが母とともに膳を運びだした。

「息が合ってるじゃねえかよ」

「若夫婦みてえだぜ」

「似合いだから、くっついちまえ」

「跡取り息子ができてちょうどいいぜ」

　大工衆が勝手なことを言ってあおる。

それを聞いて、おしのと為助の顔が耳まで赤くなった。

五

「ふう」

と、おちよが息をついた。

膳のご飯は控えめと頼んだのだが、力屋の控えめは普通の飯屋の大盛りほどのかさがあった。時吉に助力を頼もうかと思ったくらいで、やっといま食べ終わった。

「食べでがあったでしょう、おかみさん」

為助が人なつっこい笑顔を見せた。

「うちの控えめは、よその大盛りなので、相済みません」

おしのがぺこりと頭を下げた。

大工衆はあっと言う間に平らげて出ていった。入れ替わりに来た飛脚も、むかしの渡世人みたいな箸の動かし方で、途中から汁を飯にかけてわしわしとかきこんでから風のように去っていった。いまはそろいの半纏《はんてん》の荷車引きが膳にかかったところだ。

「うちも膳の盛りは悪くないんだがな」

茶を呑みながら、おちよが食べ終わるのを待っていた時吉が苦笑いを浮かべて言った。

為助とおしのは、力屋が終わったら猫屋の日和屋《ひよりや》へ出かけるらしい。上野黒門町《うえのくろもんちょう》の日和屋は、とりどりの猫と遊びながら団子や汁粉も楽しめる見世だ。おしのに連れられて初めて行く為助は、ずいぶんと楽しみにしている様子だった。

「味噌汁のおかわりはいかがですか?」

おかみがたずねた。

「できれば、お茶を一杯」

おちよが控えめに指を立てる。

「承知しました」

そんなやり取りをしているあいだも、そろいの半纏の荷車引きたちは土間で車座になって膳をかきこんでいた。

「これもまずいことはないけど、もうちょっとうまいもんを食いたいもんやな」

「そのうち沢山《ようけ》食えるで」

「そやな。それまでの辛抱や」

男たちがそう言いながら箸を動かす。

ややあって、荷車引きたちは荒っぽく銭を置いて力屋から出ていった。その背を、為助はじっと見つめていた。

「ああ、おなかいっぱい、ごちそうさまでした」

湯呑みを置いたおちよが、帯を軽くさすった。

「なら、気張ってやりな」

時吉が為助に言った。

「師匠はこれからどちらへ？」

為助が問う。

「久々に深川の八幡様にお参りして、蕎麦でもたぐって帰るつもりだ」

深川の佐賀町《さがちょう》に、やぶ浪《なみ》という角《かど》の立った蕎麦を出す名店がある。

「入るかしら、お蕎麦」

おちよがまた帯に手をやる。

「なに、蕎麦は別腹ですから」

力屋のあるじが笑った。

「力屋さんでもお蕎麦を出したりします？」

おちよが問うた。

「いや、おもにうどんですね。ありゃあ、塩加減だけしくじらなきゃ、力を入れてこねて切ってゆでるだけでできるもんで」

信五郎はうどん玉をたたきつけるしぐさをした。

「うどんのほかは？」

為助がおしのにたずねた。

「そうめんも。こんな盥《たらい》で出すやつだけど」

看板娘が大げさなしぐさをしたから、力屋に笑いがわいた。

ほどなく、のどか屋の二人は腰を上げた。

「では、日和屋さんによろしく」

おちよが笑顔で言った。

「ええ。猫たちにも伝えておきます」

おしのが笑みを返す。

「うみゃ」

いつの間にか忍び寄っていた「力屋の入り婿」が短くないた。

「忘れんといてやって言うてます」

為助がぶちを指さした。

「達者にしてるんだよ。また来るからね」

おちよはそう言って、貫禄のある猫の太い首筋をなでてやった。

「長生きしな」

時吉も言う。

ぶちは目を細め、のどを鳴らす音で答えた。

第五章　生姜焼きと高野巻き

一

川開きの前日ののどか屋は忙しい。

いや、のどか屋ばかりではない。旅籠が立ち並ぶ横山町では、宿を求める客の声がほうぼうで響く。

両国の川開きといえば、江戸の夏の風物詩だ。花火を目当てに、遠方からも見物客がやってくる。横山町から両国橋まで目と鼻の先だから、宿を求める客が次から次へと訪れてくる。

先約も含めて、のどか屋の六つの部屋はたちどころに埋まった。

おやど、みなうまりました。

またのおこしをおまちしてをります。

のどか屋の前に、早々とそんな立て看板を出した。

古くなるたびにつくり替えているこの看板を出すとき、おちよの心はおのずと華やぐ。

しかし、目に入らないのか、それでも宿を求める客が後を絶たなかった。

「相済みません。みな埋まっておりまして」

おちよが申し訳なさそうに断る。

「ありゃあ。宿がねえと、明日の花火を見られねえずら」

「困ったのう」

江戸へ出てきたばかりとおぼしい二人連れが顔を見合わせる。

「ここいらの旅籠はみな一杯でございますよ」

一枚板の席に陣取っていた元締めの信兵衛が言った。

のどか屋のほかに持っている大松屋と巴屋も一杯だ。

「横山町も浅草のあたりも、旅籠はすべて埋まってると思います」

おけいが言った。

「どこか離れたとこで探すべ」

「んだなー」

客たちが言う。

「なら、深川あたりまで行けば見つかるかもしれません」

時吉が言った。

このあいだおちよとともに足を運んだとき、どんな旅籠があるか何とはなしに見てきたばかりだ。

「ああ、前の日だし、深川まで行けばどこか見つかりますよ」

元締めが言った。

「そりゃ助かるべ」

「宿なしじゃ困るからよ」

花火見物の客がほころんだ。

さっそくおそめが動き、駕籠を手配してきた。

「世話かけたべ」

「これで宿が見つかりゃ、ゆっくり花火見物ができるべや。すまねえこって」

二人の客は礼を言って駕籠に乗りこんだ。

その後もばたばたした時が続いた。

夜遅くまで宿を求める客が来て、断るのにひと苦労だった。前の日から泊りがけで来る者もいれば、とりあえず花火見物をしてから、どこぞに泊まろうという料簡《りょうけん》でやってくる者もいる。好天に恵まれた花火が終わったあとも、横山町の喧騒はひとしきり続いた。

川開きは江戸じゅうが浮き足立つ日だ。大川には屋根船が何艘も出て、懐具合に余裕のある者たちが料理に舌鼓を打ちながら花火を楽しむ。

騒ぎは遅くまで続く。両国から浅草のあたりまで、酔客の声が途切れなく響く。

そんなどさくさにまぎれるように、ただならぬ出来事が起きた。

南新堀《みなみしんぼり》の下り酒問屋、鹿嶋屋《かしまや》に賊が押し入り、暴虐のかぎりを尽くしたあげく、蔵を破って大枚を奪って逃げおおせたのだ。

江戸の人たちのうわさは、川開きからこの押し込みへとたちどころに移った。

ですからね」

二

「悪知恵の働くやつらだぜ」

あんみつ隠密が吐き捨てるように言った。

「屋根船が行き交ってる川開きのどさくさにまぎれて押し込みの段取りを進めてたん

万年同心も渋い顔つきで言う。

「船をしらみつぶしに調べたら、きっと手がかりが見つかるよ、平ちゃん」

気安く言ったのは、里帰りでのどか屋にいる千吉だった。

長吉屋の追い回し（いちばん下の料理人）として厳しい修業の毎日ではあるが、長吉の孫で指南役の時吉のせがれだ。短い間の里帰りはたまにある。ゆうべの川開きは料理屋が忙しくて行けなかったから、今日は二幕目の途中から短い休みをもらってきた。

「そりゃ、町方がしゃかりきになって調べてら」

万年同心が身ぶりをまじえて言った。

「火付盗賊改方《ひつけとうぞくあらためかた》にもつないであるから」

韋駄天侍の井達天之助も言う。

「それにしても、あまりにも堂々としていたから、みなだまされてしまったんだねえ」

かわら版をいくらか離して読みながら、隠居が言った。

「このところ、屋根船で仮装みたいなことをするのが流行《はや》っているようですから、それを隠れ蓑《みの》にしたんですね」

鰹の生姜煮《しょうがに》の按配を見ながら、時吉が言った。

「障子付きの屋形船は、中で芳《かんば》しからぬことをしやがるやつが出るのでまかりならぬってことになったが、今度は屋根船の客が着てるものまであれこれ言われるぜ」

あんみつ隠密が渋い顔つきで言った。

「浴衣《ゆかた》のほかはまかりならぬってわけですか」

と、万年同心。

「それにしたって、押し込みの賊は黒装束の忍者に化けて花火の見物衆の喝采《かっさい》を受けてたって、あきれた話ですね」

おちよが本当にあきれたように言った。

「黒装束をまとってたら、だれか分からないから」

千吉が頭巾をかぶるしぐさをする。

さても恐ろしき企てなり。

あまりにもあからさまに怪しきものは、かへつて怪しまれぬのやもしれぬ。

隠居がかわら版を読み上げだした。さすがは俳諧の宗匠と言うべきか、妙なふしをつけた味のある読みぶりだ。

黒四組の面々もじっと聞き入る。

面体《めんてい》を隠せし凶賊は、屋根船にて川筋をたどり、暮夜、南新堀の下り酒問屋、鹿嶋屋に押し込めり。

抜かりなく引き込み役を鹿嶋屋へ入れをりし賊は……

「ここから先は気の毒で読めないね」

隠居がそう言ってかわら版を一枚板の席に置いた。

「わたしが」

千吉が手を伸ばした。

このところは長屋で料理書なども繙《ひもと》いているから、かわら版くらいはお手の物だ。

「気の毒なところは読まなくていいぞ」

時吉は跡取り息子に言った。

「承知で」

千吉が受け取る。

ここで肴が出た。時吉が最前《さいぜん》からつくっていた鰹の生姜焼きだ。

ぶつ切りにした鰹を、酒醬油《さかじょうゆ》に四半刻《しはんとき》ほどつける。このつけ汁に水を足し、鰹を入れて落とし蓋をして味を含ませていく。

煮汁が半ばほどに煮詰まってきたところで、薄切りの生姜をたっぷり入れ、折にふれて鰹の身を返しながら汁がなくなるまで煮る。

「生姜が主役、と言ってもおかしくないひと品だね」

隠居が食すなり言った。

「しぼり汁もおろし生姜もいい仕事をしてくれます」

時吉が白い歯を見せた。

「安東さまには味醂がけで」

おちよがそう言って鉢を置いた。

「おう、おれは甘くねえと食えねえからな」

あんみつ隠密が受け取る。

その隣で、例によって万年同心が「うへえ」という顔つきになった。


……天は見放さず、からくも難を逃れし者あり。生き残れしその手代は、小柄だったゆゑ押入が布団にくるまり、賊の目より逃れしものなり。


千吉がかわら版を読み上げる。

こちらは手習いの素読《そどく》みたいな調子だ。

「まあ、さぞや怖かったでしょう」

おけいが眉をひそめた。

「ほんとに、間一髪《かんいっぱつ》ねえ」

おちよがそう言ったとき、表で人の気配がした。

ほどなくのれんをくぐってきたのは、力屋のおしのと修業中の為助だった。

三

「へえ、今日も日和屋さんへ行くの」

千吉が瞳を輝かせた。

「こないだ行ったら、すっかり気に入ってしもて」

為助が笑顔で言った。

「お団子とお汁粉もおいしいし」

さっそくひざにすり寄ってきたしょうと小太郎をあやしながら、おしのが言った。

「あ、そうだ。かわら版がいいとこだった」

千吉が手にしていたものを見た。

「かわら版って、例の押し込み？」

おしのがたずねた。

「うん。鹿嶋屋の手代さんが助かったところまで読んだの」

千吉が答えた。

「力屋さんでもそのうわさを？」

おしのが問う。

「もうその話で持ち切りですわ。忍び装束の仮装と見せかけて、堂々と川開きの大川を進んで押し込みをやらかしたんやから、肝《きも》が据わってると言うたらええのか、どない言うたらええのか」

為助が首をかしげた。

「盗賊をほめちゃいけねえぞ」

安東満三郎がすかさずクギを刺した。

「へえ、すんません」

為助がすぐさま頭を下げた。

「続き、読むよ」

千吉がかわら版を広げたまま言う。

「うん、読んで。お客さんから聞いただけで、かわら版は見てないから」

おしのがうながした。

「町方じゃねえから、おれもまだ読んでねえ」

あんみつ隠密が言った。

「ほかのかわら版は見たが、それは書いてあることが違うな」

万年同心も言う。

「まあ似たり寄ったりだろうがね」

と、隠居。

「いや、町方からそのかわら版屋だけが聞き出したことってのがあったりしますんで、ご隠居」

幽霊同心が言った。

「なら、読むよ、平ちゃん」

千吉がいくらかじれたように言った。

「おう、読んでくんな」

万年同心は身ぶりをまじえた。


憎むべし、盗賊。

忍者装束にて堂々と大川を下りし賊は、鹿嶋屋に押し込み、蔵を破りて大枚を奪ひ去れり。

屋根船の趣向の仮装に見せかけ、黒装束に身を包みしをれば、その面体はだれ一人として分からず。さりながら……

千吉はそこで言葉を切った。

えっ、という顔つきで、ちらりと為助のほうを見る。

「どないしたんや？」

為助が問うた。

「うん、こう書いてあるから」

と、千吉。

「早《は》よ読んでや」

為助がうながした。

千吉は一つうなずいてから続けた。


たつた一人生き残りし幸ひの手代が、異な声を耳にしてをり。

疑ひなく賊の一人が、仲間に向かひてかう言ひしものなり。

「早《は》よせえ」

怪しむべし、上方なまりなり。賊は上方より来《きた》りし者ならん。

「何だって？」

それを聞いて、あんみつ隠密が色めき立った。

「そりゃ初耳だぞ」

万年同心も箸を止める。

「京から流れてきた盗賊でしょうか」

韋駄天侍が言った。

「京の嵐山にちなんだ嵐組か」

黒四組のかしらが腕組みをした。

「臭いますね、かしら」

と、万年平之助。

「おう。ここで動きやがったのかもしれねえ」

安東満三郎が腕組みを解いた。

にわかに場が動いたが、それだけにとどまらなかった。為助が思いがけないことを口走ったのだ。

「それなら、心当たりがありますで」

為助はきっぱりと言った。

「ほんと?」

おしのがびっくりしたように訊く。

「力屋に来とったやろ。上方の言葉でしゃべる荷車引きら」

「ああ、そんな気もするけど」

おしのは首をひねった。

なにぶん膳運びでばたばた動いているし、力屋にはいろんな客が来るから、そんな細かいところまでは憶えていなかった。

「その荷車引きら、前にも往来で出会《でお》てますねん」

為助は黒四組の面々に告げると、時吉のほうを見た。

「憶えてますかいなあ、師匠。大師匠の見世へ行くとき、荒っぽい荷車が『邪魔やで』って怒鳴りながらえらい勢いで走ってきて肝《きも》をつぶしましたがな。ご隠居はんもいてはりました」

「ああ、あのときの」

時吉は思い出した。

「わたしも憶えてるよ。ずいぶん荒っぽかったからね」

と、隠居。

「で、その半纏の背中に屋号が染め抜いてあったんで、こないだ力屋へ来たとき気ィついたんですわ。ああ、あのときの荒っぽい荷車引きが食いに来よったって」

京から来た若者はそう告げた。

「そいつら、怪しいところがあったかい」

あんみつ隠密が口早に問う。

「へえ」

為助は力強く答えた。

「力屋の飯もまずいことはないけど、もっとうまいもんを食いたいって一人が言うたら、そのうち沢山《ようけ》食える、それまでの辛抱やと」

「おう、平仄《ひょうそく》が合うぜ」

あんみつ隠密の声が高くなった。

「押し込みをしたら、そりゃおいしいものをたんと食べられるだろう」

隠居が眉をひそめる。

「で、そいつらの屋号は？」

万年同心がたずねた。

「丸に手、と染め抜かれてました」

為助は答えた。

「よし、おめえら、すぐ探ってきてくれ。おれは町方と火盗改《かとうあらため》につないでおく。ねぐらが分かったら、網を張って捕り物だ」

黒四組のかしらは言った。

「承知で」

「すぐ走ります」

万年平之助と井達天之助が果断に動いた。

四

「ふう」

黒四組の面々があわただしく出ていったあと、千吉が一つ息をついた。

「お手柄だったわね、為助さん」

おちよが笑みを浮かべて言った。

「いや、まだ捕まったわけとちゃいますんで」

為助が軽く手を振った。

「でも、そんな怖い人たちがうちへ来てたかと思うと……」

おしのが帯に手をやった。

「黒四組の旦那方が網を張って捕まえてくれるからね」

隠居が一枚板の席から言った。

「京から来た嵐組も年貢の納め時でしょう。……はい、お待ち」

時吉は次の肴を出した。

海老の高野《こうや》巻《ま》きだ。

塩ゆでした海老は殻を剝くが、尾だけは残しておく。これを芯にして、按配よく煮含めてから冷ました高野豆腐で巻けば、見た目も楽しい高野巻きになる。

「わあ、かわいい」

千吉が声をあげた。

「海老さんがおふとんにくるまってるみたい」

おしのが笑みを浮かべる。

「ほんまやな。食うのがもったいないくらいや」

そう言いながらも、為助はすぐ箸を伸ばした。

「高野豆腐に少し遅れて海老の風味が伝わってくるのがいいね」

隠居が満足げに言う。

「ありがたく存じます」

時吉が頭を下げた。

「うん、うまい」

「うちじゃ出ないお料理ね。おいしい」

為助とおしのが食しながら言う。

「あ、そうだ」

千吉が箸を置いて言った。

「何？」

おちよが問う。

「このあいだ、お客さんが言ってたの。火付けってのは、わが手で火を付けた焼け跡に必ず戻って来るんだって」

千吉はいささか唐突なことを口走った。

「おのれがやったことの首尾をその目でたしかめてほくそ笑みに来るわけだね。世の中にはたちの悪いやつがいるから」

隠居が顔をしかめる。

「京から来た盗賊どもが、押し込み先をまた見に来るっちゅうわけか？　そら、すぐ捕まるやろ」

為助が腑に落ちない顔つきで訊いた。

「ううん、そうじゃないの」

千吉は首を横に振った。

「どういうこと？」

おしのが問う。

「嵐組は『うまくいった』と思ってるはずだよ。川開きの屋根船の仮装だと思わせて、堂々と忍び装束で川を下って押し込んだんだからね」

「うん」

「で、いまも夕涼みの屋根船は大川に出てるよ。お料理を出す船もある。押し込みでお金を取ったあとだから、いくらでも貸し切りにできるよ」

「なるほど」

為助がひざを打った。

「今度はただの客のふりをして屋根船で遊ぶんか。『どや、おまえら、わいらの知恵にはかなわんやろ』っちゅうわけや」

吐き捨てるように言う。

「あながち無理筋でもないかも」

おちよが言った。

「千ちゃんは鋭いから」

おけいも和す。

「講談に出てくる『名代《なだい》の謎解き師』みたいだね、千坊」

隠居にそう言われたから、千吉は花のような笑顔になった。

「だったら、念のために網を張ったほうがいいかもしれないな」

時吉が言った。

「なら、翁蕎麦《おきなそば》の元松《もとまつ》親分に伝えてくる」

千吉がまた知恵を出した。

「蕎麦屋に?」

為助が腑に落ちない顔で問うた。

「蕎麦屋と言っても屋台なの。大川端に出してるし、十手《じって》も呼子《よぶこ》も持ってるから」

千吉が答えた。

「この子とはずいぶん縁があって、ときどきうちにも寄ってくださるんですよ」

と、おちよ。

「もとは浅草亭夢松《あさくさていゆめまつ》っていう素人《しろうと》噺家《はなしか》だから、客あしらいは慣れたものでね」

隠居が伝えた。

「あきないは乾物屋だったから、蕎麦もなかなかのものだよ」

時吉も言う。

「なら、今日は日和屋やけど、今度涼みがてら行ってみよ」

為助が力屋の看板娘に言った。

「うん」

おしのは元気よく答えた。

「なら、親分さんのとこへ寄ってから帰る」

千吉が腰を上げた。

「ああ、ちゃんと伝えるんだぞ」

時吉が言った。

「安東さまたちが動いてることもね」

おちよが言い添える。

「うん、分かった」

千吉は引き締まった顔つきで答えた。

五

翁蕎麦の屋台はいつものところに出ていた。

もと浅草亭夢松、いまは大川端の元松親分がかついでくる名物屋台だ。

「おっ、だれかと思ったらのどか屋の千坊かよ。ずいぶん背が伸びたから、だれか分かんなかったぜ」

翁蕎麦のあるじは笑顔で言った。

「いまは長吉屋の千吉だよ、おじちゃん」

「ああ、そうだったな。じいじのとこの修業はどうだい」

元松が問う。

「まあまあ、やってるよ」

千吉は大人びた口調で答えた。

「冷やし翁、食うかい?」

元松が問うた。

「うん。大事な話があって来たんだけど、まずは食べてから」

千吉はすぐさま答えた。

とろろ昆布が入るのが翁蕎麦のゆえんだ。老爺《ろうや》の白髪《しらが》に見立てている。ほかにもとろろ昆布を使った「翁」のつく料理は多い。器にとろろ昆布を敷いて魚の切り身を風味豊かに蒸しあげる翁蒸し。酢でしめた刺身にとろろ昆布をまぶした翁造りなどだ。

翁蕎麦には、このとろろ昆布のほかに、さっとあぶった海苔と彩り豊かな紅蒲鉾《べにかまぼこ》が入る。あとは好みで薬味の刻み葱を加えれば出来上がりだ。素早く出さねばならない屋台だから、このくらいで充分だ。

大川端には風が吹く。あたたかい翁蕎麦で生き返ったような心地になった客は数多い。

しかし、いまは川開きの終わった夏だ。食いものにも涼が求められる。そこで、川開きを境に、つゆを冷たくした冷やし翁に変えるようにしていた。

あすからは翁も冷ゆる川開き

隠居の季川がそう詠んだほどだ。

「はい、お待ち」

元松が冷やし翁を渡した。

「わあ、おいしそう」

笑顔で受け取ると、千吉はさっそく箸を動かしだした。

二人で組になる屋台なら、片方が長床几《ながしょうぎ》を運んで座れるようにしたりするが、翁蕎麦は元松一人でやっているから立ち食いだ。

「蕎麦はゆで置きだと固くなっちまうから、蕎麦まで冷たくはできねえんだけどよ」

元松はいくらか悔しそうに言った。

「でも、つゆが冷えてるから」

「井戸水につけてから運んでるんで」

「ああ、とろろ昆布もおいしい……ごちそうさま」

千吉は元気に箸を置いて皿を返した。

冷やし翁は丼ではなく、深めの木の皿に盛っている。舟をかたどっているから、大川をながめながら食すとなかなかに風流だ。

「で、大事な話ってのは何だい」

元松親分がたずねた。

「うん、実はね……」

千吉は一つ一つ順を追って、ていねいに伝えていった。

ときおり相槌《あいづち》を入れながら、元松親分は引き締まった顔つきで聞いていた。

ひょんな成り行きで十手を預かる身となった元松だが、その働きぶりにはめざましいものがあった。

大川端から身投げをする者は後を絶たない。この世の食べ納めにと屋台にやって来た客は気配で分かる。もと噺家で人情噺も得意にしていた元松は、親身になって話を聞いてやり、料簡違いを諭して立ち直らせた例がいくつもあった。からくも助けられた客は、その後も折にふれて翁蕎麦を食べに来るという。

捕り物でも力になった。

繁華な両国橋の西詰で仕事を見つかった巾着切りが、息せき切って大川端を逃げて来ることがある。そんなときは呼子を吹いてひるませ、十手をかざして時をかせぐ。十手持ちがおのれの手でお縄にすることはないが、いくたびか町方からほうびをもらったほどで、頼りになる働きぶりだった。

「なるほど」

ひとわたり話を聞き終えた元松がうなずいた。

「千坊の勘は鋭いからな。煮干し、いや、図星かもしれねえ」

もと素人噺家らしく、駄洒落《だじゃれ》をまじえて言う。

「講談に出てくる『名代の謎解き師』みたいだって、ご隠居さんから言われたよ」

千吉は胸を張った。

「はは、そりゃお似合いだ。まあ何にせよ、こっから目を光らせてるぜ」

元松親分はおのれの目を指さした。

そこでべつの客が近づいてきた。そろそろ潮時だ。

「なら、帰るので頼みます」

千吉は右手を挙げた。

「合点で」

翁蕎麦の親分は笑顔で力こぶをつくってみせた。

第六章　鯛ぞうめんと納豆和え

一

「なるほど、手広組《てびろぐみ》という名前で」

厨で手を動かしながら、時吉が言った。

二幕目がだいぶ進んできたところで、黒四組の万年平之助同心と韋駄天侍の井達天之助がのれんをくぐってきた。座敷に陣取った二人の話によると、例の怪しい荷車引きたちのねぐらが分かったらしい。

「浅草の先の今戸《いまど》をねぐらにしています」

韋駄天侍が答えた。

「なら、網を張って捕り物かい？」

一枚板の席から隠居が問う。

「そのあたりは、かしらが念入りに根回ししてるとこで」

万年同心がそう言って、猪口の酒を呑み干した。

「黒四組だけだと、まったく人が足りませんから」

井達天之助が言った。

「盗賊を一網打尽にするには、火盗改と町方、両方から人を借りて捕り物をやらなきゃならねえから大変だ」

と、万年同心。

「なるたけ大きく網を張って、一人も捕り逃さないようにしていただきませんと」

隠居の隣に陣取った元締めが言う。

「そりゃ、そのつもりだ。あと三日くらいすりゃあ、おおよその網は張れるだろうよ」

万年同心がそう答えたとき、おちよが座敷へ料理を運んでいった。

「これを召し上がって、精をつけてくださいまし」

笑みを浮かべておちよが差し出したのは、鯛ぞうめんだった。

塩焼きにした鯛をそうめんにのせ、身を崩しながら食すとことのほかうまい。

「おう、かしらなら味醂につけて食うだろうがな」

万年同心が受け取る。

「いまごろくしゃみをしていますよ」

韋駄天侍が白い歯を見せた。

「盗賊のほうは、網が迫っているとは気づいていないだろうからね」

隠居がそう言って、肴に箸を伸ばした。

鮪《まぐろ》の納豆和えだ。鮪は下魚《げぎょ》として嫌う料理屋も多いが、のどか屋では臆せず使う。

角切《かくぎ》りにした鮪を湯に通して霜降りにし、ざっとたたいた納豆と小口切りの青葱、それに山葵醬油《わさびしょうゆ》で和える。納豆は刺身と存外に合う。鰹や鰯《いわし》や鯛、赤身でも白身でもいけるが、鮪もまた格別だ。

「気づかれないうちに、わっと一網打尽にできれば言うことなしだがね」

元締めが猪口の酒を干す。

「まあ、気張ってやりますよ」

万年同心がいい音を立ててそうめんを啜った。

二

翌々日――。

のどか屋の二幕目が終わり、のれんがしまわれたあと、時吉はふと表を見た。

日は沈んだが、西の空には何とも言えない残映がたゆとうている。そのさまが何かを告げているような気がしてならなかった。

「ちよ」

時吉は掃除をしている女房に声をかけた。

「はい、何か」

おちよが顔を上げる。

「久々に道場へ行ってくる。腕がなまってるからな」

時吉は竹刀《しない》を振るしぐさをした。

「もう顔を忘れられてるんじゃないですか、おまえさま」

おちよが戯れ言まじりに言う。

「そうかもしれんな」

時吉は苦笑いを浮かべると、厨の奥へ向かった。

旅籠に通じているそこには木刀が置かれている。一つは賊が押し入ったときの備え、いま一つは見世の横手で素振りをするためだ。時吉が裂帛《れっぱく》の気合で木刀を振ると、猫たちはおおむね逃げてしまう。

「木刀で稽古するんですか?」

おちよが驚いたように問うた。

「いや、竹刀を受けるためだ。こう見えても師範代だからな。たまにはそれらしいつとめをしておかねば」

木刀を手にした時吉は笑みを浮かべて答えた。

道場主に無沙汰をわび、道着に着替えた時吉は、門人に木刀を出し、受けに徹した。

門人はいつのまにか増えていた。武家ばかりではない。最近はあきんどとその子弟も目立つ。

町方の同心の株などは金で買うこともできる。跡取り息子がいる場合は次男、三男を同心にできれば鼻が高いし、のれんを守る助けにもなる。そんな皮算用で、要り用になる剣術の腕をつけさせるべく、息子とともに通っている者もいた。

「もっと腰を入れて」

時吉は門人に言った。

「はいっ」

あきんどのせがれが打ちこむ。

「手が先に出ている。足腰で打つんだ」

時吉は手本を見せた。

基本に立ち返り、身の動きを確認すると、凜冽《りんれつ》の気がよみがえるような心地がした。刀を包丁に持ち替えて久しい。大和梨川藩で右に出る者のない剣士、磯貝徳右衛門だったころは、振るってはならぬ剣も振るわされた。それを悔い、人の心をあたためる料理をつくる包丁に持ち替え、いつの間にか時が流れた。

思えば遠くまで来た……。

そんな感慨を抱きながら、時吉は門人の竹刀を受けていた。

「そう、真一文字に振り下ろす」

時吉はまた手本を見せた。

「はいっ」

門人がひと声発し、思い切り打ちこんできた。

ぱしーん、と木刀で受けるいい音が響いた。

三

大川端の屋台、その赤提灯の灯りがしだいに濃くなってきた。

翁蕎麦はいつものところに屋台を出していた。冷やし翁をたぐりながら、冷や酒を呑んでいる客が三人いる。のどか屋ともなじみのよ組の火消し衆だ。

「今日は風もねえから、船遊びにゃもってこいだな」

かしらの竹一《たけいち》が大川のほうを見ながら言う。

「久しくそんな風流なことはやってませんな、かしら」

纏《まとい》持ちの梅次《うめじ》も同じほうを見る。

「おいら、いっぺんもねえっす」

付き従っていた若者が言った。

ここいらは縄張りではないが、折にふれて火消しの寄合はある。今日は柳橋《やなぎばし》で集まった帰りだ。

「おめえの歳で屋根船なんぞ乗らなくていいぞ」

かしらがすぐさま言った。

「そうそう、十年早えや」

纏持ちもそう言ったから、若者はうへえという顔つきになった。

「おっ、また豪勢な船が来ましたな」

元松親分が指さした。

障子を閉め切った船は禁じられているが、それを除けば上等の屋形船で、ほかの船を睥睨《へいげい》するかのように大川を進んでいる。

「けっ、大工か荷車引きか知らねえが、だれか富突《とみつ》きにでも当たったのかよ」

梅次が顔をしかめる。

「荷車引き？」

元松の顔つきが変わった。

「おう。そろいの半纏を着てやがる」

纏持ちは答えた。

「その背に、屋号は染め抜かれてますかい。目はあんまり良かねえんで」

と、元松。

「えーと、屋号かい……」

梅次は目を凝らした。

「丸に手、と染め抜かれてるな。間違いねえ。一人、こっちを向いてら」

纏持ちの言葉を聞いて、元松親分はふっと一つ息をついた。

「嵐組だ」

元松はおのれに気を入れるように言った。

「嵐組？」

かしらが短く問う。

「江戸では手広組と名乗ってるそうだが、京から流れてきた盗賊でさ。こないだ、押し込みをやりやがった」

元松親分は答えた。

「何だって？」

竹一が色めきたった。

「間違いねえのかよ」

梅次も驚いたように問う。

「大川の川開きの仮装だと思わせて、黒装束で堂々と船に乗りこみ、押し込みをやらかしやがった。それに味を占めて、今度はただの船遊びのふりをしてまた戻って来るんじゃねえかと、のどか屋の千坊が言ってたんだ」

元松は伝えた。

「さすがだぜ」

と、梅次。

「おっかさんゆずりの勘ばたらきだからよ」

竹一が笑みを浮かべた。

「行っちまいますよ、かしら」

若者が指さした。

「おっと、いけねえ」

元松親分は、あわててふところから呼子を取り出した。

そして、息をいっぱいに吸いこんで吹いた。

四

「船に乗って食う船盛りは、また格別でんな、かしら」

丸に手と染め抜かれた半纏をまとった男が言った。

言葉に上方の訛りがある。

「おう、鱚も鯛もうまいさかいに」

かしらとおぼしい人相の悪い男が、屋根船に乗りこんでいる料理人に言った。

「鱚は骨揚げまでついてる。気ィが利いてるやないか」

隣に座った男が言った。

「ありがたく存じます」

初老の料理人が頭を下げた。

一介の荷車引きたちが屋根船を貸り切って豪遊というのはいささか解《げ》せないが、そこはそれ、代金さえ支払ってもらえるのなら文句はない。それは竿を操っている船頭も同じだった。

「わいらの姿はだれにも見えへん」

かしらの片腕格の男が言った。

「江戸の衆の目ェは節穴ですさかいに」

手下が嫌な笑みを浮かべる。

「しっ、あんまり言うたらあかんで」

かしらは唇の前に指を一本立てた。

今夜はこれから、深川の岡場所に乗りこむことにしている。押し込みで奪った不浄の金がたんまりとあるから、いくら豪遊しても当分はびくともしない。

「へえ、すんまへん」

手下が黙る。

「お、あれは屋台やな」

片腕格の男が岸のほうを指さした。

ぼんやりと鬼火のような赤いものが見える。提灯の灯りだ。

「蕎麦か何かやろ。貧乏なやつはそんなもん食うてたらええ」

かしらはそう言って、枡酒をきゅっとあおった。

「わいらはええもん食わせてもらうさかいに」

手下が刺身に箸を伸ばす。

「知恵のあるもんがええ目をできるようになってるねん、この世の中は」

かしらが悦に入った顔つきで言った。

だが……。

次の刹那《せつな》、その表情が変わった。

岸でだしぬけに呼子が吹かれたのだ。

「何や？」

「巾着切りか？」

屋根船の男たちが箸を置いて岸のほうを見る。

呼子はさらに吹かれた。

大川端の提灯の灯りが一つずつ増えていく。

「ひょっとして、わいらか？」

かしらの片腕がおのれの胸を指さした。

「そんなはずはない。足はついてへんはずや」

かしらはぽろりと口走った。

料理人がはっとしたような顔つきになった。何かに気づいたのだ。しかし、ここは船の上だ。逃げ場はない。

「かしらっ」

手下が岸を指さした。

目のいい男には見えた。

提灯には、御用、と記されていた。

五

「われこそは、安東満三郎」

あんみつ隠密が名乗りを挙げた。

「ゆえあって組は名乗らねえ。京から来た嵐組、おめえらの正体と悪行は、この安東満三郎がお見通しだ。神妙にしな」

表向きはないことになっている黒四組のかしらは、大川の屋形船に向かって大音《だいおん》声《じょう》を発した。

「御用だ」

「御用」

提灯が揺れる。

火盗改方と町方に根回しをして、急いでつくった討伐隊だが、いずれ劣らぬ猛者《もさ》ぞろいだ。

そのなかには、万年平之助と井達天之助の姿もあった。

「ちっ」

万年同心が舌打ちをした。

「どうしました？」

韋駄天侍が問う。

「あれを見な」

と、屋根船のほうを指さす。

韋駄天侍も気づいた。

盗賊の一人が料理人を羽交い絞めにし、首筋に包丁を突きつけていた。


時吉は道場帰りに呼子の音を聞いた。

一度ならず鳴り響いたから、よほどの急であることが分かった。木刀を手に提げたまま大川端へ急ぐと、捕り方が岸辺にずらりと並んでいた。

「水練で鍛えたやつはいねえか。小舟も用立ててくれ。漕ぎ手もだ」

大声で叫んでいる男がいる。

その声に聞き憶えがあった。あんみつ隠密だ。

「安東さま！」

時吉も負けじと叫んだ。

「おお、のどか屋さん」

万年同心がいち早く気づいた。

「嵐組が人質を」

井達天之助が屋根船のほうを示した。

「屋根船の料理人が捕まっちまった」

万年同心が言う。

瞬時にいきさつが分かった。

あんみつ隠密が捕り物の網を整えたのはいいが、嵐組の悪党どもは屋根船の料理人を人質にして逃げおおせようとしているらしい。

「船頭も刃物を突きつけられてるぞ」

「どうすりゃいいんだ」

捕り方には焦りの色が浮かんでいた。

「水練の心得のある者、大川へ飛びこむ備えをしてくれ」

あんみつ隠密の声がまた響きわたった。

「抜き手組、出番だ」

町方の役人がすぐさま言う。

「おう」

「合点で」

泳ぎのうまい者だけを集めた抜き手組は、いざと言うとき、捕り物に人救けにと力を発揮する。凍えるような季節でも水練をするから、大川端ではなじみの面々だ。

「では、わたしも」

時吉が駆け寄った。

「おう、のどか屋、ありがてえ」

あんみつ隠密はきびきびした口調で言った。

これまでは捕り物は人に任せて、おのれが先頭に立つことはなかったが、このたびは是非もない。ただし、陣頭で指揮を執る姿はなかなかに堂々としていた。

「頼みますぜ、のどか屋さん」

万年同心が声をかけた。

「泳ぎは不得手なので」

井達天之助が申し訳なさそうに言う。幽霊同心も韋駄天侍も、水の中では思うように動けないらしい。

抜き手組の精鋭は、早くも裸になり、えいとばかりに頭から大川に飛びこんだ。十手などの捕り具は褌《ふんどし》に挟む。屋根船に上がったら、あとは度胸の捕り物だ。

「よし」

時吉も着物を脱いだ。

大川端を風が吹き抜ける。

「これを」

とっさの判断で、万年同心がおのれの十手を渡した。

「お預かりします」

時吉は十手を受け取り、代わりに木刀を渡した。

また一人、いい音を立てて抜き手組が飛びこんだ。

十手をしっかりと褌に挟み、両手をそろえると、時吉は暗い大川の水面《みなも》へと真一文字に飛びこんだ。

六

「泳いで来よったで、かしら」

嵐組から声があがった。

「おたおたすんな」

凶相のかしらが一喝した。

右手に鋭い匕首《あいくち》を握っている。それは初老の料理人の喉元に突きつけられていた。

「こら、ちゃんと手ェ動かせ」

かしらの片腕が船頭を叱咤した。

「へ、へえ……」

手下たちに長脇差《ながどす》を向けられた船頭がふるえ声で答える。

「逃げ場はねえぞ、嵐組。神妙にしな」

岸からまた声が響いた。

「御用だ」

「御用」

提灯が揺れる。

いずれ劣らぬ泳ぎ自慢が屋根船を目指す。先陣は早くも船べりにたどり着いた。

「来よった、来よった」

「手ェ斬ったれ」

かしらが濁声《だみごえ》を振り絞る。

その声は、屋根船に向かって泳ぐ時吉の耳にも届いた。

ぎゃっ、と悲鳴が響く。

捕り具を褌に挟んでいるとはいえ、船べりに上がるのが難儀だ。敵はそこを刃物で狙ってくる。

風があるせいで、川面もかなり波立っていた。うねりがきつくなると、息継ぎのときに水を呑みかねない。

時吉はしばし立ち泳ぎをし、様子をうかがった。

そして、肺の腑いっぱいに息を吸いこんだ。

身を丸め、深くもぐる。

時吉の姿はいったん見えなくなった。

七

「下がれっ。こいつの喉笛、かき切ったるさかいに」

人質を楯に取ったかしらが目をむいた。

「船頭も死ぬで」

その片腕が長脇差をかざす。

抜き手組の精鋭はいくたりか屋根船に上がってきていた。水際で傷を負った者もいたが、ひるむことなく一気に上がった。何より大事なのは勢いだ。

「ええい、やったれ」

かしらが命じる。

「へいっ」

「喰らえっ」

手下どもが刃物を振りかざしてきた。

十手や短い刺股《さすまた》、捕り具で受ける。屋根船は右に左に激しく揺れた。

「おまえらのせいで人が死ぬで。それでええのんか」

かしらが火を吐くように叫ぶ。

さしもの精鋭も、うかつには近づけなかった。

「もう逃げられねえぞ」

「神妙にしな」

手下を取り押さえた剛《ごう》の者たちも、人質を楯に取っているかしらと、船頭に長脇差を振りかざしている手下には、間合いを図ることしかできなかった。

だが……。

ほどなく、その一人の顔つきが変わった。

目に飛びこんできたものがあったのだ。

「わいらは京の嵐組や。江戸のあほらに捕まってたまるか」

料理人の喉元に刃物を突きつけながら、かしらは傲然《ごうぜん》と言い放った。

「わいらは神出鬼没やで。風みたいにどこへでも動けるんや。おまえら江戸のあほらに……ぐわっ！」

かしらがだしぬけに叫んだ。

形相《ぎょうそう》が変わる。

まったく予期せぬところから、後ろ頭に一撃を食ったからだ。

人質に突きつけられていた刃物の向きが変わった。

その一瞬を、屋根船の料理人は見逃さなかった。おのれの命がかかっている。必死だ。

渾身の力を込めてかしらにひじ打ちを喰らわせて逃れる。

そこへ、救けのもう一撃が与えられた。

嵐組のかしらに十手を振るったのは、時吉だった。

時吉は屋根船の下をくぐり、裏から船に上がった。逆のほうばかり見ていたかしらは、その気配を察することができなかった。

「御用だ」

「御用！」

捕り方が勢いづく。

「近寄ったら、こいつを斬るで」

船頭に長脇差を向けていた手下が叫んだ。

そのとき、抜き手組が二人、立ち泳ぎをしながら船頭に合図を送った。

それは過《あやま》たず伝わった。

船頭は竿を放し、意を決して大川に飛びこんだ。

すぐさま抜き手組が救けに行く。手下はしまったという顔つきになったが、時すでに遅しだった。

「えーい、どかんかい」

長脇差を振りかぶった手下が、やぶれかぶれで時吉に斬りかかってきた。

屋根船が揺れる。

時吉は瞬時に腰を落とした。そして、次の刹那《せつな》、弾のごとくに敵のふところに飛びこんだ。

先んじてふところに飛びこめば、敵の剣は届かない。手下の長脇差は空を斬った。

そのまま押し倒し、みぞおちに当て身を喰らわす。

「ぐえっ」

胃の腑まで吐き出しそうな悲鳴が響いた。

手首をねじり、刃物をもぎ取る。

さらに、つらを思い切り平手ではたくと、手下はあっけなく伸びた。

「御用だ」

「神妙にしろ」

抜き手組はさらに勢いづいた。

進退きわまった嵐組の手下どもは、次々に大川へ飛びこんだ。

八

「よし、舟を出せ」

捕り物の帰趨《きすう》を見守っていた安東満三郎が命じた。

「承知で」

「一人も逃すな」

捕り方が気勢を上げる。

「さすがの働きだったな」

万年平之助が満足げに言った。

「はっきり見えなかったんですが、どうなったんでしょう」

井達天之助が問う。

「のどか屋のあるじが船の向こう側に回って、かしらをやっつけたんだ。船の下を泳いでくぐったんだろう」

万年同心が答えた。

「さすがですね」

韋駄天侍が感に堪えたように言った。

捕り方の小舟は次々に岸から放たれた。

いったん人質に取られた料理人も船頭も救助された。嵐組の残党のうち、泳ぎの心得のない者は次々に捕まった。

泳ぎが達者な者も、あわてるあまり着物を脱がずに大川へ飛びこんだものだからたまらない。いくらも進まぬうちに濡れた着物が枷《かせ》となって身動きが取れなくなり、いともたやすくお縄になった。

船頭の代わりに、時吉は竿を操っていた。

屋根船に乗っているのは、気を失っている嵐組のかしらと、捕縛された手下、それに、抜き手組のいくたりかだった。

岸が近づく。

「おーい」

あんみつ隠密が大きく手を振った。

時吉は気づいて竿を上げた。

「働きだったな、のどか屋。江戸のほまれだ」

黒四組のかしらがいい声で告げた。

ほどなく、満面に笑みをたたえたその顔が見えてきた。

第七章　姿焼きと小袖寿司

一

「ま、何にせよ、めでてえこった」

かわら版にひとわたり目を通してから、あんみつ隠密は言った。

一件が落着し、今日は黒四組の打ち上げめいたものだ。座敷には万年平之助と井達天之助も陣取っている。

「安東さまは載っておりませんな」

同じものを読んでいた隠居が笑みを浮かべて言った。

「そりゃあ、おれらは忍びみてえなもんだからよ」

安東満三郎は上機嫌で手裏剣《しゅりけん》を打つしぐさをした。

「その代わり、のどか屋は宣伝になったねえ」

元締めの信兵衛が言う。

「まさか、かわら版に書かれるとは、思いもよりませんでした」

時吉が苦笑いを浮かべた。

「あるじばかりか、跡取り息子まで載ったんだから大したもんだ」

と、あんみつ隠密。

「いまや千坊は江戸一の『名代の謎解き師』ですからね」

万年同心も言う。

「瓢簞《ひょうたん》から駒が出ただけで」

おちよが笑みを浮かべた。

「いやいや、おっかさん譲りの勘ばたらきだったぜ」

黒四組のかしらはそう言うと、またかわら版に目を落とした。

そこには、こう記されていた。


大川の川開きの仮装と見せかけ、黒装束にて堂々と押し込みを果たせし京の嵐組、悪運尽きて一網打尽となれり。

その道筋を示ししは、齢《よわい》十をいくらも出でぬ千吉てふ料理人の卵なり。横山町の旅籠付き小料理屋のどか屋の跡取り息子千吉は、聡明にもかかる道筋を示せり。

「火付けの賊は往々にして火事の場へ戻る。ならば、押し込みの賊もまた大川の船へ戻るならん」

慧眼《けいがん》なり、千吉。

果たして、大川端に網を張りたれば、手広組なる荷車引きに身をやつせし嵐組の屋根船が現れたり。

町方と火盗改方の精鋭が網を絞り、大川に飛び込みて捕り物を行ひしところ、京の悪党どもはみなお縄となれり。

褒《ほ》むべし、千吉。

まさに江戸随一の名代の謎解き師なり。

「あるじの名も出てねえな」

万年同心が横合いからのぞきこんで言った。

「いや、のどか屋の名を出していただいただけでありがたいことで」

厨で手を動かしながら、時吉は言った。

「こんなにほめていただいて、天狗にならなきゃいいけど、あの子」

おちよが案じ顔で言った。

「大丈夫だよ、おちよさん。前にも似たようなことがあったから」

隠居が温顔で言った。

「ああ、流山で手柄を立てた件ですね」

と、おちよ。

「あのときも、わたしはいないようなものでした」

時吉がそう言ったから、のどか屋に和気が満ちた。

それをしおに、肴が次々に出た。

まずは房州から入った鯨《くじら》のたれだ。

鯨の赤身を醬油や塩などのたれにつけてから天日で干す。これをあぶり、裂きながら食すと、恰好の酒の肴になる。

「ほどよく癖があって乙《おつ》なものだね」

隠居が言った。

「房州の海と土の香りがするよ」

元締めも和した。

「安東さまにはお口に合うものをおつくりしますので」

時吉が厨から言った。

「おう。とりあえず、これを食ってるからよ」

黒四組のかしらはあんみつ煮を箸でつまんだ。

そうこうしているうちに、表で人の気配がした。

おけいとおそめの声がする。両国橋の西詰で新たな客が見つかったのかと思いきや、そうではなかった。

のどか屋ののれんをくぐってきたのは、もういくたびも旅籠に泊まっている常連だった。

二

「ちょうど話に出ていたんですよ」

おちよがそう言って、冷たい麦湯を出した。

「まあ、これを読んでごらんよ」

隠居が同じ一枚板の席に座った客にかわら版を渡した。

「かわら版でございますか」

そう言って受け取ったのは、流山の味醂づくりの名家、秋元《あきもと》家の当主の弟で、江戸でのあきないを受け持っている吉右衛門《きちえもん》だった。

「あ、千吉と書いてありますよ」

江戸へ来るときはいつも一緒の番頭の幸次郎《こうじろう》が、目ざとく見つけて指さす。

ありがたいことに、江戸ではいつものどか屋を常宿にしてくれている。以前、隠居もまじえて流山に招かれたとき、千吉が大いに手柄を挙げ、「あっぱれ千吉」とかわら版に書きたてられたことがあった。

「へえ、これはまたあっぱれで」

吉右衛門が笑みを浮かべた。

あきなっている自慢の味醂の銘柄は「天晴《あっぱれ》」だ。

「千吉のおかげで町方と火盗改方が動いたようなもんだからな」

あんみつ隠密がしれっとした顔で言った。

「われわれも捕り物に加わってみたかったですね」

万年同心もとぼけた表情だ。

黒四組あったればこそこのたびの捕り物だったが、かわら版には「く」の字も載っていなかった。むろん、影御用だからそれでいい。そうでなくては困る。

ここで次の肴が出た。

茄子《なす》の三役そろい踏みだ。

茄子だけでも、料理の仕方によってずいぶんと幅が出る。

まずは蒸し茄子の胡麻だれかけだ。

あく抜きをしてから酒と塩を振り、器に入れた茄子をほどよく蒸す。これを冷ましてから胡麻だれをかけ、仕上げに入り黒胡麻をはらりと振りかける。胡麻だれは甘めで、ことにあんみつ隠密の分には味醂を足してあった。

お次は、揚げ茄子の生姜醤油だ。

細かく切り目を入れた茄子をふっくらと揚げると、ことのほかうまい。これを生姜醤油でいただく。これぞ本通りの味だ。

「蒸す」「揚げる」に続くのは「焼く」だ。相撲の三役そろい踏みに擬せば、扇の要《かなめ》に当たる。

ただ焼くだけでも存分にうまいが、揚げ茄子が奇をてらわない料理だったから、夏向きに変化を持たせて冷や汁にした。

焼いて皮をむいた茄子と青葱を具にして、白味噌仕立ての冷や汁にする。こくがあるのにさっぱりした、この時季にはありがたい味だ。

「うん、甘え」

あんみつ隠密の口からお得意のせりふが飛び出した。

むろん、冷や汁にも味醂を足してある。

「胡麻だれの隠し味でいいつとめをしておりますね、うちの味醂が」

幸次郎が笑みを浮かべた。

「そうだね。ただ、大きな声では言われないけれど、揚げ茄子の生姜醤油がいちばんうまいよ、番頭さん」

吉右衛門がそう言ったから、一枚板の席に和気が漂った。

三

流山の二人はひと休みしただけで、さっそくあきないへ出て行った。

それと入れ替わるように、岩本町の御神酒徳利がのれんをくぐってきた。

「おっ、読んだぜ、千坊の手柄」

湯屋のあるじがおちよの顔を見るなり言った。

「ああ、そちらでもかわら版が」

おちよが笑みを浮かべる。

「お客さんが持ってきてくれたんで、みんなで回し読みになってた」

寅次が言った。

「おいらまで鼻が高くなったぜ」

野菜の棒手振りの富八が言う。

「ここだけの話だが、おれらが膳立てをした捕り物でな」

黒四組のかしらが自慢げに言った。

「へえ、旦那がたが」

と、寅次。

「町方と火盗改の力を借りたがよ」

あんみつ隠密が言う。

「それから、ここのあるじも大車輪の働きだったんだぜ」

万年同心が十手をかざすしぐさをした。

「すっかり千吉の影に隠れてしまいましたが」

茄子の三役そろい踏みの追加分をつくりながら、時吉が言った。

その後はしばらく、嵐組の捕り物について岩本町の二人に事細かに伝えられた。寅次と富八は茄子に舌鼓を打ちながら熱心に聞いていた。

「そうかい。あるじが十手を褌にはさんで船の下をくぐってやっつけたのかい」

湯屋のあるじが感心の面持ちで言った。

「かわら版じゃ、みんな千坊の手柄みてえになってたがよ」

富八が笑う。

「いっそのこと、千坊に十手を持たせればどうだい。江戸随一の『名代の謎解き師』なんだからよ」

寅次が水を向けた。

それを聞いて、万年同心があんみつ隠密に妙な目配せをした。それと察して、韋駄天侍がうなずく。どうやら黒四組に何か思案があるようだ。

「そんな、たとえ戯れ言でもあの子が天狗になりますから」

おちよがさらりといなす。

「まあ、わらべに十手は渡せねえがよ」

安東満三郎はそこで座り直して続けた。

「ここのあるじなら話はべつだ。このたびは万年の十手を借りて捕り物になったが、初めから持っていりゃあ話が早え。そういった絵図面を描いてたところでな」

「えっ、うちの人が十手持ちに？」

おちよが目を丸くした。

「いや、わたしは一介の料理人なので」

時吉があわてて言った。

「刀を包丁に持ち替えて久しいわけだからね、時さんは」

隠居がそれとなく助け舟を送るように言った。

「急に十手をと言われても困るでしょうよ」

元締めも和す。

「そりゃあ、百も承知で言ってんだ」

あんみつ隠密が言った。

「ちなみに、町方じゃなくて黒四組の十手持ちっていう話で」

万年同心が言葉を添えた。

「町方じゃねえんですかい」

寅次が訊く。

「そりゃ、おれらは黒四組だからな。良く言やあ少数精鋭だが、悪く言やあ人が足りねえ。捕り物のたんびにほうぼうへ根回しして頭を下げて兵をかき集めなきゃならねえんだから、まったくもってひと苦労だ」

かしらが愚痴まじりに言った。

「さりとて、うちが大所帯になったりしたら、そりゃあもう影御用じゃなくなっちまいますからね」

幽霊同心がそう言って、猪口の酒を呑み干した。

「真っ先につなぐ役は一人いれば充分ですから」

井達天之助が白い歯を見せた。

「てなわけで、ここのあるじにわが黒四組の十手持ちになってもらえりゃ、おれらとしても心強い。むろん、平生から動いたりしなくてもいい。捕り物も出られるときだけでいいや」

安東満三郎は表情をやわらげて言った。

「うーん、しかしながら……」

時吉は困った顔つきで言った。

「せっかくのお話ですが、わたしは市井《しせい》の一料理人として生きていく覚悟を決めたものですから。十手というものは、言ってみれば力の証しでございましょう？　慣れ親しんだ包丁とは違います。そのようなものを手にするのは、わが身の来《こ》し方に照らせば、いささか釈然としないのです」

時吉は包み隠さず言った。

「あるじの気持ちは重々分かってるつもりだ。さりながら、黒四組の十手を預けるとなれば、のどか屋しか思いつくところがねえんだよ」

影では人たらしと呼ばれているあんみつ隠密が言った。

「それなら、のどか屋に十手、ということでいいんじゃないですかねえ」

万年同心が案を出した。

「のどか屋に十手を預けるのかい」

湯屋のあるじがたずねた。

「そのとおりで。いずれ千坊がのどか屋を継ぐことになるし、おかみの勘ばたらきが鋭いことにも定評があるからな」

万年同心が答える。

「えっ、わたしも入ってるんですか？」

おちよが驚いておのれの胸を指さした。

「そりゃそうだ。千坊の勘ばたらきはおっかさん譲りだからな。のどか屋に一本、おれら黒四組の十手がありゃあ、江戸の泰平は保たれたようなもんだ」

あんみつ隠密は手をぐるっと回して言った。

「うちの番台に十手があったって仕方ねえけどよ」

岩本町の名物男が言う。

「そりゃあ、どっちかって言ったら捕まるほうだから」

富八がそう言ったから、のどか屋に笑いがわいた。

ここで次の肴が出た。

烏賊《いか》の姿焼きだ。切り込みを入れ下味をつけた烏賊の胴に金串を末広に打ち、表裏を香ばしく焼く。醬油と味醂を合わせたつけ汁を刷毛で塗っては乾かしながら焼けば、なんともうまい酒の肴になる。

「これ、駄目よ」

鮑《あわび》に浮き足立った小太郎とゆきをおちよがたしなめる。

「のどか屋に十手を一本なら、こいつらは下っ引きですな」

万年同心が猫たちを指さして言った。

「はは、違《ちげ》えねえ」

あんみつ隠密が笑う。

「ここいらには、うちの息のかかった下っ引きさんがたくさんいますから。……はい、お待たせしました」

おちよが笑顔で小鉢を置いた。

「なんだかもう十手を預かったみたいな話になっているよ」

隠居が時吉に言った。

「いや、それは……」

時吉はなおも片づかないような顔つきだった。

「まあ考えといてくんな。べつに急ぐ話じゃねえからよ」

安東満三郎が言った。

「はあ」

時吉はあいまいな返事をした。

四

次の指南役の日――。

休みのあいだに、時吉は千吉に例の十手の話をした。

時吉としては、やはり進んで十手を預かる気にはなれなかった。町方ではなく影御用の黒四組のものであっても、十手は十手だ。捕り物に加わらなくてもいいし、平生から見廻りなどはしなくていいとは言われたが、預かるのには覚悟がいる。

のどか屋のあるじばかりか、こうして長吉屋の指南役も任されている。そのうえ十手まで預かるのは力に余る。とりたてて何もしなくてもいいと言われたが、それなら端《はな》から断ったほうがいいような気がしてならなかった。

ただし、いくたびも手柄を挙げた跡取り息子の千吉とおちよも含めて、のどか屋に十手を一本ということなら、いささか話はべつだ。まあ何はともあれ千吉に伝え、考えを聞くことにした。

「えっ、わたしが十手持ちに？」

話を聞いた千吉は驚きの声をあげた。

「しっ、声が大きい」

時吉が口の前に指を一本立てる。

「うん、ごめん」

千吉は声を落とした。

「のどか屋の後継ぎはおまえだ。ここでの修業を終えたら、のれんを継ぐことになる」

　父の言葉に、跡取り息子がうなずく。

「おまえには、おれの持ち合わせない勘ばたらきがある。判じ物を解いたりする知恵もある」

　時吉は髷を指さして言った。

「でも、おとうみたいに立ち回りはできないよ。悪いやつをやっつけたりするのは無理だよ」

　千吉は首を横に振った。

「それはまあ……得手なところだけを足していけばいいんだ」

　時吉は少し思案してから答えた。

「だったら、わたしが後継ぎになったら預かる」

　千吉はきっぱりと言った。

「そうか。料理人のほかに、江戸の名代《なだい》の謎解き師をやるか？」

　時吉は半ば戯れ言めかしてたずねた。

「うん、やる」

　千吉は引き締まった顔つきで答えた。

「ただ、本分はあくまでも料理人だぞ」

時吉はそうクギを刺した。

「うん、気張って修業する」

千吉はいくらかたくましくなってきた二の腕をぽんとたたいた。

「よし、ならまた修業だ」

時吉は笑みを浮かべた。

「はい、師匠」

千吉はいい声で答えた。

戻ってから時吉が指南したのは、小袖寿司だった。

穴子《あなご》でもできるが、今日は鰻《うなぎ》を使った。ことに蒲焼きでは映《は》えない小ぶりの鰻を使う。これをびりと呼ぶ。

「鰻の皮目に、おろした山葵《わさび》をつけてやる。あんまりつけすぎたら、目から火が出るから気をつけな」

初めのうちはだいぶ硬かったが、もう指南役にも慣れてきた。時吉は軽口もまじえながら若い弟子たちに教えていった。

「寿司飯をこうやって鰻の身で抱かせ、ぎゅっとさらしで締めるんだ。形が整うまでのあいだにたれを煮詰める」

時吉はてきぱきと段取りを示していった。

鰻の蒲焼きのたれに煮切り酒と葛《くず》を加え、とろみをつけて煮詰めると、いよいよ仕上げに入る。

「よし、切ってみな」

時吉は兄弟子の信吉に言った。

「へい」

信吉はふっと一つ息を吐くと、包丁を手前にすっすっと引いてひと口大の幅に切りそろえていった。

「最後が短くなったな」

時吉が指さした。

「へえ、すんません」

料理人の卵が恥ずかしそうに答える。

「初めから当たりをつけて切っていかないからこういうことになる。次は気をつけな」

「へい」

弟子は深々と頭を下げた。

煮詰めを刷毛で塗り、粉山椒《こなざんしょう》を振り、あしらいを添えれば出来上がりだ。

「よし、食ってみな」

時吉はだれにともなく言った。

「おめえ、食っていいぞ」

兄弟子が手で示したのは、長吉の最後の弟子の寅吉だった。千吉にとってはただ一人の弟弟子になる。

「は、はい……」

潮来から来た料理人の卵はおずおずと鰻の小袖寿司に手を伸ばした。

「あ、おいしい」

寅吉の表情がにわかにやわらいだ。

「しくじったちっちゃいのはおいらが」

信吉も寿司をつまんだ。

寿司飯には白胡麻をまぜてある。少し遅れてつんと来る山葵がいい按配に効いていた。

「うめえ」

信吉が思わず声をあげたから、指南役も弟子たちもいっせいに笑った。

五

長吉屋での修業は続いた。

午《うま》の日だけ時吉に指南役を任せているが、長吉もまだまだ達者に厨に立って指導をしていた。

のどか屋に黒四組の十手をという例の話は、時吉が機を見て伝えた。

「千吉も数に入《へえ》ってるのかい」

古参の料理人はたずねた。

「はい。のどか屋の後継ぎですから」

時吉は答えた。

「あいつはどう言ってんだ？」

「乗り気のようでしたが、まずは料理人の修業が第一なので」

「違えねえ。十手より包丁だ」

長吉はすぐさま言った。

その包丁の修業は長屋でも続けられた。だれがいちばん長くかつらむきをできるか、千切りを速くきれいに仕上げられるか、いくらでも競うことができる。千吉は信吉、寅吉とともに日々腕を磨いていた。

「今日はどこへ舌だめしに行くべ？」

二幕目が上がりの日、信吉がたずねた。

「うーん、のどか屋でもいいけど……」

千吉が首をひねった。

「寅はどこへ行きてえ？」

兄弟子の信吉が訊いた。

「おらあ……甘えもんが食いてえ」

わらべに毛が生えたような料理人の卵が答えた。

「なら、日和屋へ行こう」

千吉は手を打ち合わせた。

「猫屋さん？」

寅吉の目が輝いた。

「うん、お団子もお汁粉もおいしいから」

と、千吉。

「これも舌だめしの修業だから」

信吉が笑った。

舌だめしならもっとほかに行くべきところがたんとあるだろうが、そこはそれ、たまには息も抜かなければならない。

そんなわけで、三人は上野黒門町の日和屋へ向かった。

「あっ、やってるよ」

千吉が明るい茶色ののれんを指さした。

ねこ、と字が染め抜かれている。まるで猫が丸まって日向ぼっこをしているみたいな感じだから、見ただけでほっこりするのれんだ。

「こんにちは」

千吉が真っ先に猫屋ののれんをくぐった。

「まあ、のどか屋の千吉坊ちゃん、ようこそのお越しで」

おかみのおこんが明るい声をかけた。

「ごぶさたしてました。……あっ」

千吉はだしぬけに声をあげた。見知った先客がいたからだ。

向こうも気づいていた。

「こんにちは、千ちゃん」

そう言って手を振ったのは、力屋の看板娘のおしのだった。

「今日は休みなん？」

笑顔でたずねたのは、京から来た為助だった。

「うん。舌だめしに来たの」

千吉はそう言うと近くの座敷に座り、二人の仲間をあらためて為助に紹介した。

「みんな、おんなじ長屋で気張ってんねんな。ええこっちゃ」

為助はそう言って、ひざに乗った猫をなでた。

「その猫はうちの？」

千吉が問う。

「そう。ちさちゃん」

おしのが縞のある目の青い猫の背中をなでた。

「わあ、ゆきちゃんにそっくりになってきた」

と、千吉。

「のどか屋の猫やったん？」

為助がおしのに問うた。

「うん。ゆきちゃんが四匹産んだうちの一匹がこの子」

おしのが首筋をなでると、ちさは気持ちよさそうにのどを鳴らした。

「うちにいる小太郎ときょうだいなんだよ。ほかに、大和梨川藩の猫侍に取り立てられたりしてる」

「猫侍？」

為助が訊く。

「鼠を捕るのがお役目なの」

千吉がそう答えたから、周りの客までどっとわいた。

見世の猫たちとわいわい言いながら遊んでいるうちに、頼んだ品が来た。

「はい、お団子とお汁粉でございますよ」

おかみのおこんが盆を運んできた。

「今日はことにおいしくできたからね」

あるじの子之助《ねのすけ》がにこやかに言う。

一人娘のおちさを亡くしてしまい、ひと頃はずいぶんと落ちこんでいたが、いまはいつも笑みを絶やさない。猫のちさは、亡くなった娘の名をつけた。

「いまのせりふ、うちでも使えそうやなあ」

為助が言った。

「そうね。今日はことにおいしく炊けたご飯です、とか」

おしのが試しに言う。

「よし、それでいこ」

為助は明るく手を打ち合わせた。

「なんだか力屋の若旦那みたい」

千吉が言った。

「若旦那か」

為助が白い歯をのぞかせる。

「うふふふ」

おしのが思わせぶりな含み笑いをした。

「この団子、うまいべ」

寅吉が感に堪えたように言った。

「汁粉もうめえ」

信吉も和す。

千吉も団子の串に手を伸ばした。

「……おいしい」

のどか屋の跡取り息子は、食すなり満面に笑みを浮かべた。

第八章　切りかけ造りといぶし造り

一

翌々日——。

のどか屋は二幕目に入っていた。

「わたくしも、お上《かみ》からわらべを教えよと言われたらいささか二の足を踏むかもしれません」

一枚板の席に陣取った春田《はるた》東明《とうめい》が言った。

千吉も習っていた手習いの師匠で、並々ならぬ学識を有している。跡取り息子が教わった縁もあり、のどか屋ののれんも折にふれてくぐってくれていた。

「それはまたどうしてです？　東明先生」

隣に座った隠居がたずねた。

「なに、深いわけはないのですが」

そう前置きしてから、背筋の伸びた総髪の学者は続けた。

「野《や》にあって名も無き人を育てる、それぞれに合った教えをし、少しでも良きところを伸ばしてやる、それがわたくしのかそけき志なのです。お上《かみ》のこしらえた学問所めいたところで教えるのは名誉ではありましょうが、そこへ通うのは選ばれた子弟ばかりでしょう。そのあたりに、いささか釈然としないものを感じるのではないかと思うのです。十手の話からはずいぶんそれてしまいましたが」

春田東明はそう言って湯呑みに手を伸ばした。

ほかに客もいないので、黒四組の十手をのどか屋で預かってくれまいかと打診されたが迷っているという話を告げたところだ。

「いかに黒四組でも、十手は十手だからね」

隠居がそう言って、縞鯵の切りかけ造りに箸を伸ばした。

美しい銀皮を残してつくる刺身だ。縞鯵は脂《あぶら》がのってうまいが、その分《ぶん》、つけ醤油がなじみにくいため、切りこみを一つ入れてから切り離す。そうすれば、按配《あんばい》よくなじんでさらに脂のうま味が増す。

「まあ、千吉が預かってもいいと言っているので、いずれはとは思ってるんですが」

時吉はそう言っておちよのほうを見た。

「安東さまも急ぐ話じゃないとおっしゃってましたので」

そう言うおちよの裾に小太郎が身をすり寄せてきた。

図体はだいぶ大きくなったが、まだまだ甘えん坊の子猫だ。

「おまえが十手持ちをやるかい？」

おちよが問う。

「うーみゃ」

やるよとばかりに小太郎がないたから、のどか屋に和気が漂った。

そのとき……。

表に人が立ったと思いきや、少しためらうようにのれんが開いた。

「いらっしゃいまし」

おちよが声をかけた。

時吉も厨で顔を上げて会釈をした。

どこかで見たことがある顔だが、にわかには思い出せない。

「こちらは、のどか屋さんでございますね？」

風呂敷包みを手に提げた初老の男がたずねた。

「はい、さようでございます」

おちよが笑みを浮かべる。

「あのう……おれは船料理の包丁人で……」

男がそこまで言ったとき、時吉は思い出した。

のどか屋ののれんをくぐってきたのは、嵐組の捕り物の晩、おのれが屋根船で助けた料理人だった。

二

「その節は、本当に世話になりやした」

一枚板の席に座った料理人が頭を下げた。

名を仁助《にすけ》という。

船宿の専属として、屋根船でも包丁を振るってきた古参の料理人だが、このたびはとんだ目に遭い、時吉に助けられて九死に一生を得た。御礼の菓子折りを渡し、いま腰を下ろしたところだ。

「なんの。無事で何よりで」

時吉は笑顔で言うと、縞鯵の切りかけ造りを出した。

「その後はつとめに戻ってるのかい？」

隠居が温顔でたずねた。

「いや」

造りを口に運び、猪口の酒を呑み干してから、仁助は続けた。

「そろそろ陸《おか》へ上がって、ちっちゃな見世でもやろうかと女房と話をしてた矢先だったので、思い切ってやめちまいました」

屋根船の料理人だった男はそう明かした。

「さようですか。どちらで見世を？」

次の肴の支度をしながら、時吉が問う。

「女房の実家《さと》が本所《ほんじょ》なんで、そっちのほうの伝手《つて》を頼って、刺身のうめえ見世を出せればと思ってまさ」

仁助はそう言って渋く笑った。

「命さえあれば、いくらでも目の前の道を進んでいけますからね」

背筋の伸びた儒学者が言う。

「命さえありゃ……そのとおりでさ」

仁助は感慨深げにうなずいた。

ここで呼び込みに出ていたおけいとおそめが客を連れて戻ってきた。おちよもばたばたと動き、八王子《はちおうじ》からあきないに来たという二人連れを部屋に案内する。

それが一段落したところで、次の肴が出た。

蛸のやわらか煮だ。

霜降りにしてからじっくりと煮た蛸の足に、子芋の白煮とゆでた小松菜を添える。かみ味の違いも楽しめる小粋な小鉢だ。

「やわらかくて、うめえ」

仁助は驚いたように言った。

「屋根船だと、こういう料理は出さないだろうからね」

と、隠居。

「へえ。見栄えのする舟盛りなんぞばっかりで。……こりゃ、ほんとにやわらかくてうめえ」

仁助は感に堪えたように言った。

「人も蛸も同じですね」

春田東明がだしぬけに言った。

「と言いますと？」

客の案内を終えて戻ってきたおちよが問うた。

「たたかれたり、煮え湯を呑まされたり、さまざまな経験を積むことによってやわらかくなっていくのです」

総髪の儒学者が笑みを浮かべる。

「なるほど、さすがは東明先生」

隠居が笑みを浮かべた。

「蛸の足をたたいたり、霜降りにしてぬめりを取ったり、いろいろと下ごしらえの手間がかかりますからね」

時吉が天麩羅の支度をしながら言った。

「そう言や、あいつも下ごしらえの話をよくしてたな」

仁助が半ば独りごちるように言った。

「あいつ、と言うと？」

隠居が訊く。

「仁太郎《にたろう》っていうせがれでさ」

仁助はそこで猪口の酒をくいと呑み干した。

そして、何かを思い切るように続けた。

「もうだいぶ前に死んじまいましたがね、大川で」

三

仁助が船宿の料理人になり、屋根船で包丁を振るうようになったのには深いわけがあった。

その前は、深川の料理屋で働いていた。そこで仲居をしていた娘と所帯を持ち、跡取り息子も生まれた。せがれの仁太郎は両国の料理屋へ修業に出した。いずれはおのれののれんを出し、修業を終えた仁太郎に跡を継がせる。そうすれば隠居をして、女房とともに遍路の旅に出る。仁助はそんな先々の絵図面を描いていた。

だが……。

思いもかけぬ出来事が起きてしまった。朋輩《ほうばい》とともに舌だめしに出た仁太郎は、酒を呑みすぎて大川端を千鳥足で歩いていた。そして、うっかり足を滑らせ、川へ落ちてしまったのだ。

仲間も酔っていたから、助けようがなかった。仁太郎は大川で溺れ、まだ二十歳にならぬ若さで亡くなってしまった。

「馬鹿なやつでさ」

仁助はそう言って、苦そうに猪口の酒を呑み干した。

「これからっていうときに、つまんねえ死に方をしやがって」

死者に鞭打つような言葉だが、仁助の心情は痛いほどに伝わってきた。

「何とも言えないねえ」

隠居が言う。

天麩羅を揚げる音だけがしばしのどか屋に響いた。

「それで、息子さんにゆかりのある船宿の料理人になられたのですか?」

いくらかぼかしたかたちで、春田東明がたずねた。

「あきらめようとしたって、未練がありまさ」

仁助はそう言うと、注がれた酒をまたくいと呑み干した。

「料理人として屋根船に乗ってりゃ、あいつが水ん中からひょこっと出てくるんじゃねえかと、夢みてえなことを思案しましてね。ほんとに出てきやがったら、きっと腰を抜かすでしょうが」

　髷に白いものが目立つ男は苦笑いを浮かべた。

「ちょっとでも近くにいてやりたいというのは親心だね」

　隠居の言葉に、黙って聞いていたおちよがうなずいた。

「近《ちけ》えかどうかは分からねえけど、船に乗ってると、いろんな灯りが見えまさ。ときどき、あいつのたましいみてえな気がするんで、これまでなかなか足を洗えなかったんで」

　仁助がそこまで言ったとき、天麩羅の音が穏やかになった。

　時吉が手を動かし、しゃっと油を切る。

　ほどなく、鯊《はぜ》の天麩羅ができあがった。それを肴に、さらに話は続いた。

「もうあきらめはついたのかい」

　隠居が情のこもった声をかけた。

「屋根船で怖い思いをして、危うく殺《あや》められそうになったんで、そろそろ潮時でさ」

　仁助はそう言って、からりと揚がった鯊の天麩羅に箸を伸ばした。

「それで、陸へ上がる決心をされたのですね」

　総髪の儒学者が言った。

「あいつが『もういいぜ、おとっつぁん』って言ったような気がしましてね」

仁助はしみじみと言うと、鯊の天麩羅をさくっとかんだ。

「きっといい見世になるよ」

隠居が温顔で言った。

「女房ともいろいろ相談をしてまさ。秋口にはのれんを出せるかと」

天麩羅を胃の腑に落としてから、仁助は答えた。

「お見世の名前とかは決めてあるんですか？」

ここでおちよがたずねた。

「せがれの名をつけてやろうかと」

仁助が答えた。

「息子さんの名を」

おちよがうなずく。

「『仁太郎』っていうのれんを出して、もし繁盛して厨の手が回らなきゃ、あいつが助っ人に来てくれたりしねえかと、夢みてえなことを言ってまさ」

仁助は渋く笑って言うと、また猪口に手を伸ばした。

四

「なら、のれんを出したら、また挨拶がてら寄らせてもらいまさ」

のどか屋を出たところで、仁助が言った。

伝えるべきことを伝え、酒を呑んで思いを吐き出したおかげか、その表情は薄紙が一枚はがれたような感じだった。

「どうぞお達者で」

おちよが笑顔で見送る。

「いつでも力になりますので」

時吉も厨から出て言った。

「ありがてえこって。励みになりまさ。なら、これで」

陸に上がった料理人は、深々と頭を下げて去っていった。

ややあって、春田東明が腰を上げ、それと入れ替わるように岩本町組がのれんをくぐってきた。いつもの御神酒徳利だけではない。「小菊」はたまの休みらしく、あるじの吉太郎も加わっていた。

「千吉ちゃんは達者にやってますか？」

吉太郎はおちよにたずねた。

「ええ、それはもう。たまに帰ってきたら、あれもやる、これもやると言っていろいろつくってくれますよ」

おちよが笑顔で答えた。

「ほんとに元気いっぱいで」

おけいも和した。

「そりゃ何よりだ」

湯屋のあるじが言った。

「そのうちおいらより背が高くなっちまうぜ」

野菜の棒手振りが身ぶりをまじえて言った。

料理は次々に出た。

何か暑気払いになるようなものをということだったから、素麺を出した。むろん、それだけでは華がないから、鰹のいぶし造りを座敷に大皿で供した。

扇なりに串を打った鰹の身を焼き、冷たい水に落としてきゅっと冷ます。水気を拭いて皮目を表にして置き、引き造りにして加減酢を塗る。とりどりの薬味と加減酢の猪口を添えれば出来上がりだ。

「こりゃ、こたえられねえな」

湯屋のあるじが相好《そうごう》を崩した。

「葱と茗荷《みょうが》がいいつとめをしてるぜ」

富八は相変わらずだ。

「おとせちゃんも岩兵衛《いわべえ》ちゃんもお達者で？」

おちよが吉太郎にたずねた。

「おかげさまで。みけも子も達者にしてますよ」

吉太郎は答えた。

細工寿司とおにぎりの名店「小菊」は、焼け出されたのどか屋の跡にできた見世だ。かつてのどか屋で飼われていた猫もそのまま居つき、子猫を生んで仲良く暮らしている。

「大火をはじめとしていろいろあったけれど、江戸の荷車の輪は回っていくね。わたしはそろそろ荷台から下りてあの世へ行く頃合いだが」

隠居が言う。

「十年くらい前から同じようなことをおっしゃってるじゃないですか、ご隠居」

時吉がすかさず言った。

「ほんに。いついつまでもお達者で、師匠」

おちよが笑みを浮かべた。

「ご隠居あってののどか屋だからね」

「そうそう。一枚板の席に姿が見えねえと寂しいや」

岩本町の御神酒徳利が言った。

「はは、そう言ってくれるとありがたいね」

隠居は温顔で答えると、ここでいつもの発句を披露した。

人の輪も回りつながる江戸の夏

これに弟子のおちよが付ける。

素麵けふも切るることなし

いま出した料理と懸けた、小粋な付句だ。

「そう言われると、素麺もありがたく思えてくるな」

寅次がそう言って、ずずっといい音を立てて啜った。

「ほんに、人の輪は縁で結ばれて、だんだんに回っていきますね」

おけいが感慨深げに言った。

「そうそう、縁で結ばれて……」

そこまで言ったとき、おちよは妙な胸騒ぎめいたものを感じた。

何か勘が働いたのだ。

「どうかしたか？」

それと察して、時吉が訊く。

おちよはこめかみを軽く指でたたくと、のれんのほうへ向かった。

「ちょっとここが」

話し声が近づいてくる。

ほどなくのどか屋へ姿を現したのは、力屋の信五郎とおしの、それに、修業中の為助だった。

五

「おう、ちゃんと修業してるかい」

湯屋のあるじが為助に声をかけた。

「へえ、やらせてもろてます」

京から来た男が答えた。

「ま、こっちへ上がりなよ」

寅次が手で示した。

「なら、そちらへ」

力屋のあるじが娘をうながした。

一枚板の席にも座敷にも座れるが、このあたりは成り行きだ。ただし、信五郎もおしのも、なぜか表情はいつもより硬かった。

「御酒は呑まれます？」

おちよが信五郎と為助に問うた。

「ああ、いただきましょう」

信五郎が答えた。

「もちろん冷やで」

為助が言い添えた。

「鰹のいぶし造りをお出しできますが。それに、素麺も」

厨から時吉が問う。

「ああ、お願いします」

信五郎がすぐさま答えた。

「今日は吉太郎も来てるし、細工寿司の修業をするならちょうどいい頃合いだぜ」

酒が来たところで、寅次が水を向けた。

「はあ、体が二つあったら、そっちの修業もしたいとこですねんけどなあ」

「小菊」のあるじの顔をちらりと見てから、為助は答えた。

「そうかい。言っちゃあ悪いけど、力の出る飯屋の修業はそんなに時のかかるもんじゃねえだろう」

寅次はややいぶかしげな顔で言った。

「修業はそうですねんけど、力屋から離れられんようになりましてなあ」

為助は謎をかけるような顔つきになった。

「そりゃまたどうしてだい」

富八が問う。

為助とおしのは顔を見合わせた。

そのさまを見て、おちよははたと思い当たった。

「もしかして……」

おちよはそう言って、力屋の面々の顔を見た。

案の定だった。

「その、もしかして、なんですよ」

信五郎が何とも言えない笑みを浮かべて言った。

為助が急に居住まいを正した。

そして、ちらりとおしのの顔を見てから告げた。

「力屋の入り婿にならせてもらいますねん」

六

「そりゃあ、めでたいね」

一枚席で、隠居が破顔一笑した。

「まさかそんなことになるとは……」

時吉も手を止めて言った。

「ちっとも分かんなかったよ」

湯屋のあるじが髷に手をやる。

「おめえ、江戸に骨を埋めるのかよ」

野菜の棒手振りがたずねた。

「へえ。これも縁ですさかい」

為助は笑顔で答えた。

「うちみてえなしがねえ飯屋の入り婿じゃ、せっかくの腕が泣くぜって言ったんだが」

そう言いながらも、信五郎は嬉しそうだった。

「いつから好き合ってたの？」

おちよがおしのにたずねた。

「えーと、まあ何となく、その……猫屋さんへ行ったりして」

おしのは顔を真っ赤にして答えた。

そのひざへ、二代目ののどかとちのが競うように寄ってきた。どちらも茶白の縞のある猫だ。

「猫の取り持つ縁かもしれへんな。おお、よしよし」

為助がちのをひょいと持ち上げる。

「そうかもしれないにゃ」

おしのは二代目ののどかだ。

「お似合いだぜ」

寅次が笑顔で言った。

「こりゃあ、祝いの宴をぱっとやらにゃあ」

富八が身を乗り出す。

「今日はその件でご相談にうかがったんです」

信五郎が切り出した。

「すると、うちで祝いの宴を？」

おちよがそれと察して訊いた。

「できれば、そうさせていただければと」

信五郎は改まった口調で言った。

「承知いたしました。貸し切りにしますので」

時吉が請け合う。

「ありがたく存じます。さすがにうちだと華がないので」

力屋のあるじが言った。

「なら、細工寿司の桶でも差し入れるか」

寅次が義理の息子の吉太郎を見た。

「そうですね。腕によりをかけてつくりましょう」

「小菊」のあるじが二の腕をたたいた。

「もちろん、そのお代も支払いますので、どうかよしなに」

信五郎が如才なく言った。

「さすがに京からご親族を呼ぶわけにもいかないわね」

おちよが為助に言った。

「跡取りの兄には文を書いて知らせときますわ」

京から流れてきた若者が答える。

「なら、日取りだけ先にうかがって、あとはうちのご常連さんにも声をかけさせていただくということで」

おちよが段取りを進めた。

「おしのちゃんの朋輩がいくたりか来てくれはるんで」

為助が晴れやかな顔で言った。

「ああ、それはにぎやかね」

と、おちよ。

「四人か五人になります」

おしのが笑顔で告げる。

「たくさん来るなら、わたしは遠慮だね」

隠居が言う。

「えー、ご隠居さんはいてくださらないと、餞《はなむけ》の発句を詠む役どころがいなくなってしまいますよ」

おちよがすかさず言った。

「もし都合がつきましたら、どうかよしなに」

信五郎が頭を下げる。

「お頼みしますわ」

為助も続く。

その隣で、おしのも笑みを浮かべた。

「そうかい。なら、老体に鞭打って役をつとめるかね」

隠居の白い眉がやんわりと下がった。

ここでいぶし造りと素麺が出た。

「段取りが決まったら、腹減ったわ」

さっそく為助が箸を取る。

「わあ、おいしそうなお造り」

おしのも続く。

「たんと食え」

信五郎が身ぶりで示した。

「へえ」

それに応えて、為助が箸を動かした。

素麺を気持ちよく啜る音が、夏ののどか屋に響いた。

第九章　三役そろい踏みと田楽《でんがく》づくり

一

「そりゃ、めでてえな」

あんみつ隠密の顔に笑みが浮かんだ。

「西から来たのは悪いやつばっかりじゃなかったんで」

その隣で、万年同心が言う。

一枚板の席には隠居と元締めも陣取っている。横に四人が並ぶ構えだ。

京から来た嵐組はお仕置きになり、つとめが一段落したところでのどか屋ののれんをくぐってきた。そこで、為助が力屋の入り婿になるおめでたい話を告げたところだ。

「晦日《みそか》にここでお祝いの宴があるのですが、もしよろしければ出てくださらないでしようか」

時吉が切り出した。

「おれなんぞが出てもいいのかい」

安東満三郎がおのれの顔を指さした。

「もちろんですとも。為助は嵐組の捕り物でもひと役買っていたわけですから。……はい、お待ち」

時吉が差し出したのは生姜ご飯の椀だった。

さわやかな生姜に枝豆に油揚げ。それぞれの役どころをしっかりとわきまえたうまい炊き込みご飯は、昼の膳で大好評だった。何か腹にたまるものをという所望だったから、黒四組の二人にも供した。むろん、あんみつ隠密はたっぷりの味醂入りだ。

「千坊も出るのかい」

万年同心がたずねた。

「師匠に訊いたところ、出てもいいと」

時吉が答える。

「なら、おれも出るかな。入れなかったら土間でいいんで」

万年平之助が言った。

「韋駄天さんはどうするんだい」

隠居が問うた。

「あいつは次のつとめの下調べに走ってるんで」

あんみつ隠密は腕を振るしぐさをした。

「そりゃ大変だね」

元締めが言う。

「このたびは京から盗賊が来やがったが、この日の本《ひのもと》にゃ、悪いことを企んでるやつがまだまだいるからよ」

あんみつ隠密はそう言って、味醂で甘くなった生姜ご飯を口に運んだ。

「で、例の十手の話はどうなったんだい？」

隠居が時吉にたずねた。

「そうそう。今日はそれを訊きに来たんだ」

安東満三郎は箸を置いた。

猫たちにえさをやっていたおちよが振り向き、時吉のほうを見る。

目と目が合った。

十手をどうするか、夫婦でじっくりと話し合い、すでに答えが出ていた。

「せっかくのお話ですが、十手をお預かりする件はひとまずなかったことにしていただければと存じます」

時吉はそう言って頭を下げた。

「そうかい。無理に押しつけるわけにゃいかねえからな」

あんみつ隠密はそう言うと、飯の残りを平らげた。

「十手持ちにはなりたくねえってわけだ」

いくらか残念そうに、万年同心が言った。

「すでに包丁を持っておりますし、思うところあって刀を捨てた身ですので」

時吉はじっくりと言葉を選んで答えた。

「時さんは野《や》で生きる覚悟をしたんだからね」

隠居が風を送った。

「黒四組も野に近えけどよ」

あんみつ隠密は猪口の酒をくいとあおってから続けた。

「ま、それでもお上の手先に違えねえや。仕方がねえ」

半ばはおのれに言い聞かせるように言う。

「ただし、心の十手は持たせていただきますので」

時吉はいくらか表情をやわらげて告げた。

「心の十手?」

万年同心が問う。

「はい。見えない十手を持っているつもりで、何かお役に立てることがあれば働きますので」

時吉は答えた。

「それなら、もう何にも言わねえや。頼むぜ」

黒四組のかしらは渋くにやりと笑った。

「それから、おまえさん、先々の話も」

足元にまとわりつく小太郎をひょいとどけてから、おちよが言った。

「ああ、そうか」

また包丁を握ろうとした時吉は思い出したように続けた。

「わたくしは心の十手でお願いしたいのですが、だいぶ先ですが千吉がのどか屋を継いだときは話がべつです。千吉がここのあるじになりますから」

時吉は指を下に向けた。

「そうかい。なら、そのときに改めて千坊に頼んでみるか」

あんみつ隠密は笑みを浮かべた。

「千坊なら喜んで引き受けてくれそうだがな」

と、万年同心。

「そんな話をしてたんです」

おちよが笑って言ったから、のどか屋に和気が生まれた。

「右手《めて》に包丁、左手《ゆんで》に十手、長生きしてそんな凜々《りり》しい姿を見たいものだねえ」

隠居が温顔で言う。

「なに、もう十年もしないうちに見られますよ」

元締めがそう言って酒を注いだ。

話が一段落したところで、肴が出た。

「おお、こりゃ豪勢だな」

万年同心が身を乗り出す。

「名づけて、大車輪三役そろい踏みでございます」

時吉が笑みを浮かべた。

「時さんにしては凝った名づけだね」

隠居が笑う。

「いや、ちよに付けてもらったので」

時吉はおちよのほうを手で示した。

「はは、道理で」

と、隠居。

「大車海老を使った料理ですから、大車輪と付けてみました」

おちよは笑顔で解き明かした。

「三役がいい感じだね」

元締めがそう言って、まず頭を箸でつまんだ。

大車海老の頭はこんがりと焼き、身は刺身、尾は揚げ物にする。三役そろい踏みの名が付いたゆえんだ。

「うん、甘え」

あんみつ隠密の口から、いつものせりふが飛び出した。

甘味噌を味醂で溶き、ごていねいに砂糖まで加えた特製のたれにつけて食す。あんみつだれとひそかに呼ばれているが、ほかに使う者はいない。

「なら、次は祝いの宴だな」

黒四組のかしらが満足げに言った。

「はい、お待ちしております」

おちよが小気味よく頭を下げた。

二

その日が来た。

力屋の跡取り娘のおしのと、西からの風に吹かれて京からやってきた為助との婚礼の宴の日だ。

のどか屋は朝の豆腐飯だけ出し、あとは貸し切りにした。厨では、時吉ばかりでなく千吉も手を動かしていた。

「こんな按配でいいですか、師匠」

父の時吉に向かってやや自信なさげに問う。

「ちょいと巻きすぎだな。もう少しゆるめないと波に見えないぞ」

「はい」

千吉は慎重に指を動かした。

親子で鯛の松皮造りをつくっていた。頭と尾をつけたまま包丁を振るい、巧みに刺身にする。これを海に見立てた大根のつまの上に盛り、細魚《さより》の波がしらを添える。鯛が泳いでいるように見える宴の顔のひと品だ。

千吉には細魚の波がしらをつくらせてみた。三枚におろして薄皮を引き、波に見えるように鯛に添える。料理人の腕の見せどころだ。

「よし、そんな感じでいいだろう」

「ふう」

千吉が思わず息をついた。

「休んでるいとまはないぞ。次は紅白のねじり蒲鉾をつくってくれ」

「承知」

跡取り息子はいい声で答えた。

鯛はほかにも浜焼き鯛を用意した。赤飯に紅白なますに伊勢海老など、親子で力を合わせて次々に縁起物をつくっていく。

「これ、じゃまよ」

花を飾っていたおちよが、さっそく興味深げに寄ってきたゆきをひょいとどけた。

「あっちへ行ってようね」

おそめもしょうの首根っこをつかんで土間へ下ろす。

そうこうしているうちに、にぎやかな声が響いてきた。

「へい、お待ち」

「『小菊』の出前でございます」

掛け合いながら入ってきたのは、岩本町の御神酒徳利だった。

「まあ、ご苦労さまでございます」

「二人がかりで大きな寿司桶を二段重ねで」

おちよとおけいが労をねぎらった。

「座敷でいいですかい？」

寅次が問うた。

「座敷にお願いします。一枚板の席には置けませんから」

時吉が笑って答えた。

ほどなく、長吉も姿を現した。

「おっ、やってるな」

まずは孫に向かって言う。

「扇をつくって……あっ」

千吉は声をあげた。

包丁で切り目を入れて開き、刺身で紅白の扇をつくっているところだったが、うっかり切りすぎてしまったらしい。

「しくじったのはおれのところに置きな」

孫に甘い古参の料理人が言った。

ほどなく、隠居と元締めが来た。あんみつ隠密と幽霊同心ものれんをくぐって来た。

おしのの朋輩《ほうばい》もつれだって姿を現した。みなあでやかな振袖姿だから、場が急に華やいだ。

「甚句唄いがやってまいりました」

「今日は二人だけで」

よ組のかしらの竹一と、纏持ちの梅次が顔を見せた。

当人たちが言うとおり、今日は余興の甚句のために呼ばれたようなものだから、ほかの火消し衆はいない。

そして最後に、力屋のあるじとおかみ、それに信五郎の親戚衆にいざなわれて、新郎新婦がのどか屋ののれんをくぐってきた。

これで役者がそろった。

三

「本日は、手前の娘のおしのと、婿の為助のためにお運びいただきまして、まことにありがたく存じました」

つねならぬ黒羽織と袴に威儀を正した信五郎が言った。

そのかたわらには、暗めの藤色が渋い小袖姿のおかみも侍している。

「本来なら、手前どもの見世、力屋にてご披露申し上げるところですが、なにぶん宴には不向きな構えにて、このたびの縁結びとも言うべきのどか屋さんのご厚意で行わせていただくことになりました。幾重にも御礼申し上げます」

力屋のあるじは、いつもよりだいぶ硬い顔つきで言った。

「では、ふつつかな若い二人でございますが……」

そこまでしゃべったところで、さまざまな思いの波が押し寄せてきたのか、力屋の信五郎は急に言葉に詰まった。

「力屋さん、しっかり」

隠居がさりげなく助け舟を出す。

それを聞いて、信五郎の表情がほんの少しやわらいだ。

「えー、その……新たな門出を祝っていただければ幸いです。どうかよしなにお願いいたします」

力屋のあるじは一礼して座った。

おかみもおしのも為助も、一様にほっとした顔つきになる。

ここからまず固めの盃になった。おちよとおけいが酒器を運び、作法を伝える。祝いの宴はこれまでにいくたびも行ってきたから、このあたりは手慣れたものだ。

さらに、のどか屋ならではの趣向も織り交ぜた。このあいだ、よ組の火消し衆の若い者の婚礼で試しに取り入れてみたところ、ずいぶんと評判が良くて大いに場が盛り上がった趣向だ。

「ではここで、田楽づくりの儀式を執り行わせていただきます」

おちよが笑顔で告げた。

「田楽づくりだって？」

「聞いたことねえな」

黒四組の二人がいぶかしげな顔つきになった。

千吉と時吉が台と包丁を運んでいった。蓬萊《ほうらい》を表す三段重ねの台の上に白いものが載っていた。

豆腐だ。

名物の豆腐飯に使われる豆腐が一丁、なぜか台の上に載せられている。

台を置くと、時吉はおちよに目配せをした。

「では、お二人はもう力屋さんで仕事に精を出されていますが、初めて力を合わせて行う儀式という趣向でやらせていただきます。真っ白な手つかずのお豆腐に包丁を入れていただくのです」

おちよはよどみなく伝えた。

「なるほど、豆腐を切って田楽にするわけだな」

「豆腐屋で先に包丁を使ってるだろうがよ」

「んな無粋なことを」

岩本町の二人が掛け合う。

「ほな、行くで」

為助がおしのを見た。

「はい」

二人が一緒に包丁をつかみ、息を合わせて豆腐を切った。

「いくつに分けます？」

包丁を持ったまま、為助が時吉に訊いた。

「あとはこっちでやるから、二つに切るだけでいいよ」

時吉が厨から答えた。

「承知」

為助はおしのに目配せをして包丁を引き上げた。

「よっ、日の本一」

「力屋はこれで安泰だ」

声が飛ぶ。

「めでてえかぎりだ。仲良くやんな」

「そのうち食いに行くからよ」

黒四組の二人も言う。

「では、どしどしお料理をお出ししますので、ご歓談くださいまし」

おちよは笑顔で告げた。

大きな円い寿司桶を覆っていた「小菊」の風呂敷が取り去られた。

「わあ」

真っ先に声をあげたのは千吉だった。

鮪と平目で紅白の牡丹《ぼたん》をかたどった牡丹寿司、光り物から玉子焼きまで、切り口にとりどりの具がきれいに浮かぶ手綱《たづな》寿司、小さい巻き物を巧みに縒り合わせて新郎新婦の顔に見立てた入魂の細工寿司まで、「小菊」の吉太郎が腕によりをかけてつくった寿司がにぎやかに並んでいた。

「手が空いたら食ってもいいぞ」

時吉が言う。

「おう、こっちへ来な」

長吉が孫を手招きすると、千吉はやりかけの盛り付けをこなしてからいそいそとそちらへ向かった。

為助とおしののもとへは、入れ替わり立ち替わり客が来て酒を注いだ。

「おめでたく存じます」

「おしのちゃんに先を越されちゃったわ」

おしのの朋輩が笑顔で言う。

「これからも力屋をごひいきに」

為助はすっかり若あるじの顔だ。

「うちは娘が入りにくい見世だから」

と、おしの。

「猫はいるけど、猫屋にはでけへんさかいにな」

為助が笑う。

もとやまとのぶちの家族は、馬喰町で留守番だ。

「おまえらの見世になるんだから、好きなようにしてもいいぞ」

信五郎が言った。

「いや、いまの力の出る飯屋が張り合いがあるんで、このままでやらせてもらいます」

為助が答える。

「でも、仕舞うのが早いから、そこから猫屋にするっていう手はあるかも」

おしのがそんなことを言いだした。

「えー、それやと朝から晩まで働きづめやで。猫も足らんし」

と、為助。

「猫ならまたうちからいくらでもお譲りしますよ」

小太郎をひょいと持ち上げて、おちよが言った。

「毎日じゃなくてもいいかも。お汁粉とお団子だけ出して」

おしのが絵図面を示した。

「それなら、手伝いに行くよ」

「うん、やる」

「わたしも」

次々に手が挙がった。

「なら、平生は力屋で、ときどき『力ねこ』にしちまえばどうでえ」

あんみつ隠密が知恵を出した。

「猫が米俵を持ち上げてる図柄にしたらいい按配だぜ」

万年同心が身ぶりをまじえた。

「そりゃあいいね、平ちゃん」

千吉が大人びた口調で言ったから、のどか屋に笑いがわいた。

力屋のあるじとおかみは、機を見て徳利を持って客のあいだを回りはじめた。

「このたびはおめでたいかぎりで」

隠居が笑顔で受ける。

「皆様のおかげで」

「思いがけず、西から婿さんが来てくれまして」

どちらも満面の笑みだ。

「いい風が吹いたねえ」

元締めの信兵衛も言う。

「ええ、西からのいい風が吹いてくれました」

力屋のあるじは感慨の面持ちで言った。

四

若い夫婦が切った豆腐は、滞《とどこお》りなく田楽になった。

赤味噌、白味噌、それに季節の木の芽味噌。三色がそろった香ばしい田楽が次々に供せられる。

「御酒のお代わりはございませんか？」

おけいとおそめが盆を持って回る。

「おう、一本くんな」

「今日くらいは呑みすぎてもいいだろうよ」

手は次々に伸びた。

頃合いを見て、段取りを進めることになった。

まずは力屋のあるじによる御礼のあいさつだ。

「えー、本日は手前どもの娘と義理の息子の祝いの宴にお運びいただき、ありがたく存じました」

信五郎はいささか硬い調子で切り出した。

「時の経つのは早いもので……」

力屋のあるじはそこで言葉に詰まった。

おしのが生まれてこのかたのことが次々に思い出されてきて、胸が詰まってしまったのだ。

無事生まれてきたあと、ほっとして蕎麦を食べた。もうずいぶん前のことなのに、あのときの蕎麦の味がなぜか妙にありありと思い出されてきた。

「気張れ」

湯屋のあるじが声を送る。

「しっかり」

当のおしのも小声で言ったから、場の気がいくらかやわらいだ。

「いや、大丈夫」

軽く右手を挙げてから、信五郎は続けた。

「力屋ののれんをかかあと一緒に出したときは、いつまで保《も》つかと思ったもんですが、幸い、お客さんがたのご愛顧を得て、今日まで続けてこられました」

それを聞いて、おちよがゆっくりとうなずいた。

のどか屋のおかみも、思いは同じだった。のれんをここまで続けてこられたのは、ひとえにお客さまがたのおかげだ。ありがたいことだ。

「この先も、番付なんぞには載りようのないしがねえ飯屋ですが、『うまかった』『これでまた気張れるぜ』っていうお客さんの声を励みに、娘とせがれとかかあと力を合わせてやっていきたいと思ってます。若夫婦ともども、これからも力屋をどうかよしなにお願いいたします」

信五郎があいさつを終えると、やんやの喝采になった。

「これで万々歳だ」

「力の出る飯屋の番付がありゃあ大関だぜ」

「盛りの良さもよ」

ほうぼうから声が飛んだ。

続いて、最年長の隠居、大橋季川による餞《はなむけ》の発句が披露された。

「あれこれと思案するばかりで、なかなかまとまらなくてねえ」

そう言いながらも披露したのは、こんな句だった。

為朝《ためとも》の弓しのばるる春の宴

「なるほど、『為助』と『おしの』の名を詠みこんでるわけだな」

あんみつ隠密がすぐさま気づいて言った。

「そのとおりで」

隠居が笑みを浮かべた。

「さすがはご隠居」

「芸が細かいねえ」

岩本町の御神酒徳利から声が飛ぶ。

「では、おちよさん、付けておくれ」

隠居は弟子のほうを手で示した。

「はい、では、ちょっと芸がないですが、おめでたい付け句を」

おちよはそう前置きしてから披露した。

　真一文字に伸びる力屋

古今無双の弓の名手、源為朝が放った矢が真一文字に伸びるさまと力屋のあきないを懸けた付け句だ。

「おお、こりゃめでたい」

またあんみつ隠密が真っ先に言った。

「これで力屋も安泰だね」

万年同心も笑みを浮かべる。

「真一文字の矢が見えるようだぜ。たまにはいい句を付けるじゃねえか」

長吉が言う。

「たまには、は余計です、おとっつぁん」

おちよがすかさず言い返したから、のどか屋に和気が満ちた。

五

さらに宴は続いた。

初めのうちは厨で手伝っていた千吉だが、もうすっかり宴になじんでいた。

「おとっつぁんに話を聞いたと思うがな、千坊。おめえ、先々にうちの十手を預かる気はねえか」

黒四組のかしらが少し声を落としてたずねた。

「うん、先々ならいいよ」

千吉はいやにあっさりと請け合った。

「そりゃ、いまの千坊が十手をかざしたりしたらひっくり返るぞ」

と、あんみつ隠密。

「おもちゃだと思うでしょう」

万年同心が笑みを浮かべた。

「まあしかし、十手もいいが、まずは包丁だな」

手綱を締めるように、長吉が言った。

「はい、大師匠」

千吉が殊勝に答える。

「十手うんぬんっては、包丁の腕が一人前になってからの話だからな」

時吉もクギを刺す。

「うん、分かってる」

千吉がうなずく。

「でも、まあ、先々が楽しみだな。千坊がのどか屋を継いで、うちの十手も預かるようになったら、一人何役にもなるぜ」

万年同心がそう言って、猪口の酒をくいと呑み干した。

「えーと、料理人と、旅籠のあるじと……」

千吉は指を折りだした。

「黒四組の十手持ちと、江戸随一の名代の謎解き師だな」

あんみつ隠密が続ける。

「ついでに、役者でもやっちまいな」

万年同心が軽口を飛ばす。

「そりゃあ無理だよ、平ちゃん」

と、千吉。

「おっかさんが俳諧をやるんだから、そっちも教えてもらいな」

長吉が目を細める。

「うん、こうなったら何でもやるよ」

千吉はそう言って腕まくりをした。

六

宴はさらに進み、のどか屋の隠れた名物のあん巻きが出た。祝いの宴だから、紅白団子までついている。

「わあ、おいしい」

「猫屋に来てるみたい」

おしのの朋輩たちが味わいながら言う。そのひざには、しょうと小太郎がちゃっかり乗ってなでてもらっていた。

「では、そろそろ余興の締めを」

おちよが火消し衆を手で示した。

「もうだいぶ酔っちまったがよ」

「声が出るかな」

そう言いながら、よ組のかしらの竹一と纏持ちの梅次が立ち上がった。

これから甚句の披露だ。

「よっ、待ってました」

寅次が声を送る。

「これを聞かなきゃ帰れねえよ」

富八が和す。

皆の目が集まったところで、火消し衆はやおら美声を響かせはじめた。

江戸のほまれは　数々あれど
飯屋と言えば　馬喰町
(やー　ほい)
力出る出る　大盛飯よ
身の養いは　力屋で

（やー　ほい）

片方が甚句を唄い、もう片方が合いの手を入れる。合いの手には皆の衆も和し、ひざをたたいて音を響かせる。のどか屋の猫たちはあわてて逃げ出した。

風は吹く吹く　西から東
京の入り婿　つれて来た
（やー　ほい）
看板娘と　力を合わせ
いついつまでも　末長く
（やー　ほい）
うめえもん食わせろ　力がわくぞ
永遠《とわ》に力屋　栄あれ

（やー　ほい）


「お粗末さまでございました」

かしらの竹一が頭を下げた。

「改めて、おめでたく存じました」

纏持ちの梅次が明るい声を響かせると、場はやんやの喝采になった。

それが静まったところで、おちよがまた立ち上がった。

「では、宴もたけなわでございますが、ここらで締めのあいさつを若あるじの為助さんにお願いしたいと存じます」

おちよが手つきを添えると、為助は上座からすっと立ち上がった。

「ほうぼうから酒を注いでもろて、ちょっと口が回りまへんけど、高いとこからすんまへん」

「ちゃんとしゃべれよ」

信五郎が声をかけた。

「へえ」

義理のせがれは短く答えてから続けた。

「京を出るときは、ほんま、あんまり考えもなしにふらっと出て来たんですわ。家は兄ちゃんが継いでくれてるんで、その分気楽で、江戸の料理はどやろな、食うたりつくったりしてみたいなと、ただそれくらいの気ィで風に吹かれて西から来たんです。それがまあ、師匠と縁に恵まれて、べっぴんの嫁はんをもろて……」

「なんだ、のろけかよ」

力屋の親族から声が飛ぶ。

「へえ、すんまへん。とにかくまあ、力屋の入り婿にならせてもらうことになりました。ぶちっちゅうのどか屋はんにいた猫がおんなじ入り婿にいてるんで、まあ猫の下ですわ」

そう笑いを取ってから、為助はさらに続けた。

「これからは、おしのと力を合わせて、気張ってやっていきます。うちの料理はただ力が出るだけで、見てくれのええもんはいっさいありまへん。そやけど、それでええと思てますねん。力屋の飯を食うて、荷車引きや駕籠屋や飛脚や大工やその他大勢のお客さんがそれぞれの場ァで力を出してくれはったら、江戸の大っきい輪が回りまっしゃろ。その手伝いにちょっとでもならせてもろたら、飯屋冥利に尽きると思てます。……えー、そんなわけで、浮かれてるのは今日までで、あしたからまたしっかり気張ってやっていきますんで、今後とも力屋をよろしゅうお願い申し上げます」

ひときわいい声を発すると、為助はおしのとともに深々とお辞儀をした。

「こりゃあ、末長くのれんが続くね」

隠居が太鼓判を捺《お》した。

「願ってもねえ跡取りができたじゃねえか」

長吉が信五郎に言った。

時吉とおちよの目と目が合った。

幸い、いい宴になった。これよりない船出だ。

喝采が終わり、若夫婦が顔を上げた。

為助もおしのも、輝くような笑顔だった。

第十章　茄子づくしと人参づくし

一

千吉は長屋の仲間とともに両国橋の西詰へ向かっていた。

今日は昼から久々の休みだ。兄弟子の信吉、弟弟子の寅吉とともにどこぞへ舌だめしへ行くところだった。

「あれっ」

千吉が思わず声をあげた。

「どうしたべ？」

信吉が訊く。

「うちの呼び込みだ」

千吉が行く手を指さした。

おけいとおそめが繁華な両国橋の西詰に立ち、のどか屋の呼び込みを行っている。

「あっ、千ちゃん」

おけいも気づいた。

「一緒にやる？」

おそめも笑顔で問う。

「うん、やる」

千吉は二つ返事で答えた。

「どうするべや」

弟弟子の寅吉がたずねた。

「見てな」

兄弟子風をそこはかとなく吹かせると、千吉は往来に向かって声を張りあげた。

「お泊まりは、横山町ののどか屋へ。小料理屋もついてるよ。朝の豆腐飯がおいしいよ」

前はこればかりやっていたから、さすがに堂に入った調子だ。

「どこへ行くのも便利ですよ」

「浅草、深川、思いのまま」

「近くに駕籠屋さんもあります」

「湯屋のご案内もいたしますよ」

おけいとおそめが慣れた口調で言う。

「さあさ、いらっしゃい、のどか屋へ」

千吉の声が高くなった。

「おらたちもやるべ」

「へい」

二人の仲間も競うように声をあげたから、行き交う者たちの目がおのずと集まった。

のどか屋の名を連呼しているうち、橋を渡ってきた二人連れが歩み寄ってきた。

「ああ、なんだ、行こうと思ってたんだ」

夫婦者の男のほうが口を開いた。

「えーと、そちらは……」

千吉が髷に手をやった。

見覚えのある顔だが、名がすぐ出てこない。

男はひと息置いてから名乗りをあげた。

「砂村《すなむら》の義助《ぎすけ》だよ」

二

京ののどか屋のおかみの実家《さと》では、さまざまな京野菜を育てている。太秦の土に育《はぐく》まれた金時人参《きんときにんじん》に九条葱に青大根。時吉はその恵みの種を分けてもらい、江戸へ持ち帰った。

おのれの手では育てられないから、縁のあった砂村の義助に頼んだ。土も水も良く、いい野菜が育つという評判の農夫だ。

いくたびかしくじりはあったが、粘り強く育て、いまでは江戸近郊でほぼ唯一の京野菜を育てる農家として人をいくたりも使う身になっている。

「今日はありがたい御開帳を拝みにきましてね」

よく日焼けした義助が座敷で麦湯を呑みながら言う。

「さようですか。ゆっくりなさってくださいまし」

おちよが笑顔で言った。

「坊ちゃんたちが元気に客引きをされていたので、すぐ分かりましたよ」

義助の女房が笑みを浮かべる。

「で、舌だめしはどこへ行くんだい？」

一枚板の席に陣取った隠居がたずねた。

「じゃあ、力屋さんにしようかな」

千吉が言った。

「張り切ってやってるだろうからな」

厨で手を動かしながら、時吉が言った。

人参と大根と葱、義助が手塩にかけて育てた京野菜は旬が冬だからあいにく持参できない。その代わり、走りの茄子を手土産に持ってきてくれた。さっそく時吉がそれを使って料理を始めたところだ。

「力が出る飯屋だな」

「行ってみたいべ」

ほかの二人も乗り気で言った。

「ああ、そうそう」

義助が湯呑みを置いて続けた。

「力屋さんにも前に金時人参をおろしたことがあったが、あいにく数がかぎられていて、これまでは番付に載る料理屋などにしか行き渡らなかった。相済まねえこって」

「でも、畑を増やしたおかげで、今年の冬は格段に穫れそうなんですよ」

女房が伝えた。

「まあ、それはよかったですね」

おちよの瞳が輝く。

「うちには無理を言って入れていただいていましたが」

火の通りが良くなるように、茄子をすりこ木でたたきながら、時吉が言った。

「いやいや、のどか屋さんあっての京野菜ですから、無理も何も、真っ先に入れないと」

義助はあわてて言った。

「なら、力屋さんにもおろせるね」

千吉が言った。

「のどか屋さんに縁のあるお見世でしたら喜んで」

砂村の農夫の顔がほころんだ。

ここで岩本町の御神酒徳利がにぎやかに掛け合いながらのれんをくぐってきた。

「えー、お湯はいかが」

「湯を量り売りであきなってるみてえですな」

「呑んだらまずいがよ」

寅次が言う。

「岩本町まで少し歩きますが、湯屋はいかがでしょう」

砂村から来た客に向かって、おちよが水を向けた。

「ああ、そりゃ渡りに船で」

義助がすぐさま答える。

「ただ、来たばっかりなんで、ちょいと物を食ってからで」

寅次が軽く右手を挙げた。

「いま、焼き茄子ができるところです。しのび揚げは時がかかるので、お帰りのころに」

時吉が言う。

「お、茄子が入《へえ》ったのかい」

野菜の棒手振りが身を乗り出す。

「こちら、砂村でたくさんの野菜を育ててらっしゃるんです」

おちよが手で示した。

「金時人参を入れていただいてるんで」

　時吉も和す。

「へえ、そうかい。なら、おいらにとっちゃ……親みてえなもんだ」

「そりゃ言いすぎだろう」

　湯屋のあるじがすかさず言ったから、のどか屋に笑いがわいた。

　焼き茄子ができた。

　こんがりと焼いてから冷たい井戸水に取り、素早く皮をむいた茄子に削り節をかけ、生姜醬油でいただく。新鮮な茄子は、これが何よりだ。

「おいしい」

　千吉が食すなり言った。

「うんめえ」

「……はふはふ」

　信吉と寅吉も、まずはここから舌だめしだ。

「こりゃあ、上物だな。よっぽど土と水がいいんだろうよ」

　野菜の棒手振りが感に堪えたように言った。

「作り手の心もこもってるね」

賞味した隠居が言う。

そんな按配で、焼き茄子はあっと言う間に食べつくされた。

「なら、ご案内しましょう」

寅次が砂村の夫婦に言った。

「おいらはもうちょっと茄子を食ってから」

富八が右手を挙げた。

「じゃあ、わたしらは力屋さんに」

千吉が腰を上げた。

「冬場には砂村から金時人参が入るって伝えておいてくれ」

しのび揚げの支度をしながら、時吉が言った。

「うん。舌だめしをした帰りにまた寄るよ」

千吉はそう答えて立ち上がった。

三

「へえ、金時人参が入るのん？」

力屋の若あるじの顔がぱっと輝いた。

「そう。人参畑がずいぶん広くなったんだって」

千吉が伝えた。

「そりゃあ楽しみね」

若おかみがさまになっているおしのも笑顔で言った。

朝の早い力屋は、そろそろのれんをしまう頃合いだった。

見世の土間では、遠駆けの仕事を終えたなじみの飛脚衆が車座になって呑んでいる。真ん中に据えられたお盆に載っているのは芋の煮っ転がしだ。濃いめの味つけが疲れた体に合う。

ほかに、魚のあら煮とあぶったあたりめ、青菜のお浸しに香の物、いかにも力の出る肴といった趣の料理にまじって、つんもりと盛られているものがあった。

高野豆腐だ。

せっかくだから京らしいものを、ということで白羽の矢を立てたのがこれだった。ただし、汗をかくなりわいの客がもっぱらにつき、あまり上品すぎても合わない。為助はおしのといくたびも相談し、これはという味に決めた。

「うん、おいしい」

その高野豆腐を口に運んで、千吉が表情を崩した。

「ちょっとからめにしてあるやろ？」

為助が訊く。

「うん、そう言えば」

千吉がうなずいた。

「塩を多めにして、濃口醤油を使ってるんだよ」

信五郎が伝えた。

「京じゃ味つけが違うのかい、二代目」

飛脚の一人が問う。

「へえ。薄口醤油を使《つこ》たはんなりした味で」

為助が答えた。

「何でえ、そのはんなりってのはよ」

「半練りとは違うのかい」

「半鐘とも違うぞ」

「おめえ、半しか合ってねえぞ」

つとめを終え、酒が入っている飛脚衆が口々に言った。

「そう言われたら答えに困りますねんけど……上品で容子《ようす》のええ、まあ言うてみたら、うちの嫁はんみたいなもんですわ」

為助はおしののほうを手で示した。

「けっ、ここでのろけかよ」

「まいったね、こりゃ」

飛脚衆が苦笑いを浮かべた。

「そろそろ終いになりますが、御酒はいかがいたしましょう」

おかみがたずねた。

「なら、もう一軒行くかい？」

「そうだな。ちょいと呑み足りねえや」

相談はすぐまとまった。

「なら、横山町ののどか屋はいかがでしょう。酒も肴もおいしいですよ」

千吉が如才なく言った。

「おめえは回し者か？」

飛脚の一人が問うた。

「のどか屋の跡取り息子はんで」

為助が笑顔で言った。

「なら、これも縁だから寄ってやるか」

「まずかったら承知しねえぞ」

そう言いながらも、客の目は笑っていた。

「片づけと仕込みが終わったら、わいらも行こか」

為助がおしのに水を向けた。

「そうね。猫たちに会いたいし」

おしのはすぐ乗ってきた。

「仕込みはやっとくから、行ってきな」

信五郎が快く言った。

かくして、段取りが決まった。

四

「おっ、またしのび揚げができる頃合いに帰ってきたな」

一枚板の席に移った富八が言った。

「お先にいただいたよ」

隠居が千吉に言う。

「なら、それで舌だめしを」

千吉はそう言って仲間とともに座敷に上がった。

「おれらはここでいいぜ」

「土間が落ち着くからよ」

「お、どいてくんな」

力屋から梯子《はしご》してきた飛脚衆の一人が二代目ののどかをひょいとつかんでどかせた。

「はい、お待ち。味噌炒めもつくりますので」

時吉が小気味よく言った。

さっそくおちよが皿を運ぶ。

「芝海老をしのばせた、茄子のしのび揚げでございます」

まずは初見の飛脚衆に供する。

「はい、こちらにも」

座敷の千吉たちにはおけいが運んだ。

砂村の義助が手土産に持ってきた茄子には大小があった。小ぶりなものは、このしのび揚げが合う。

まずへたのぐるりの皮をむき、縦に切り込みを入れる。背わたを取った芝海老を細かく刻んでよくたたき、溶き玉子と刻み葱、それに塩胡椒を加えてよく擂《す》る。これを茄子に詰め、衣をつけてこんがりと揚げれば出来上がりだ。

「わあ、海老が飛び出してくる」

千吉が声をあげた。

「ほんとだ、うんめえ」

「うんめえなあ」

ほかの二人は同じ言葉を繰り返した。

「こりゃあ品があるじゃねえかよ」

「力屋じゃ出ねえや」

「あそこはあれでいいんだがよ」

飛脚衆がさえずっているとき、当の力屋の若夫婦がのれんをくぐってきた。

「まあ、おそろいで」

おちよが笑顔で迎えた。

「うまいもんづくりの修業に来させてもらいました」

為助が笑みを浮かべて言った。

「のどか屋さんの猫ちゃんたちは久しぶりで。……元気だったかにゃ？」

おしのはさっそくのどかを抱き上げた。

すぐさま猫が目を細めてのどを鳴らす。

しのび揚げは、ほどなく力屋の若夫婦にも出た。

「うちの膳にはちょっと無理ね」

おしのが言う。

「何してんねん。早よせえやって言われるわ。うまいけど」

しのび揚げを味わいながら、為助が答えた。

そのうち、味噌のいい香りが漂いはじめた。

時吉が厨で鍋を振っている。鮮やかな手つきだ。

「ああやって手前に振るんだよ」

千吉が身ぶりをまじえて、弟弟子の寅吉に教えた。

「こう？」

寅吉も手を動かす。

「そうそう」

「うまいべ」

信吉も和した。

そんな様子を、おちよは笑みを浮かべて見守っていた。

わが子は育つ。いつのまにか、兄弟子がさまになるようになってきた。

茄子の味噌炒めができた。

大ぶりの茄子は大きめの角切りにし、塩ゆでした三河島菜《みかわしまな》とともに味噌炒めにする。味醂でのばした味噌をからめ、仕上げに白胡麻をたっぷり振れば、箸が止まらぬうまさの肴になる。

「おお、これならうちでも出せそうや」

為助が言った。

「そうね。丼飯にのっけてわしわし食べていただければ」

おしのも乗り気で言った。

「丼三杯はいけるぜ」

「飯にも酒にも合うな」

飛脚衆の評判も上々だった。

「茄子は天麩羅でもうめえし、野菜の大関だね」

富八が上機嫌で言う。

「これから秋になると、どんどんうまくなるからね」

隠居の白い眉がやんわりと下がった。

そのとき、また客の足音が近づいてきた。

湯屋へ行っていた砂村の夫婦が帰ってきたのだ。

五

「茄子を育てた甲斐がありました」

しのび揚げと味噌炒めを賞味した義助が、満足げに言った。

「ほんに、どちらもいいお味で」

その女房も和す。

「冬の金時人参、楽しみにしてますさかいに」

すでにあいさつを終えた為助が笑顔で言った。

「おいらも気が入るぜ」

野菜の棒手振りが天秤棒をかつぐしぐさをした。

「うめえ人参が入《へえ》るのかい」

「そりゃ力が出そうだな」

土間の飛脚衆が言う。

「京の人参は金時はんが顔を真っ赤にして力を出してるみたいな色をしてるんですわ」

為助が伝えた。

「普通に煮物がいいかしらね」

おしのが若おかみの顔で言う。

「そやな。炊き合わせがいちばんや。厚揚げとか、がんもどきとかうまいで」

「ああ、おいしそう」

「もちろん、大根でも芋でもええ。いくたりか仲間で来はったら、大鉢いっぱいに盛って出したら喜ばれると思うわ」

為助は身ぶりをまじえて言った。

「もう食った気になるな」

「いまから楽しみだぜ」

と、飛脚衆。

「うちだとどんな料理にするかな？」

千吉が小首をかしげた。

「まずは炊き合わせだべ」

信吉が言う。

「お麩《ふ》と合わせたら上品かも」

千吉が案を出した。

「花びらの形に切って、お吸い物に入れたら？」

おちよが水を向けた。

「それは風流だね」

隠居がまずもって言う。

「千切りにしてかき揚げにするのもいいかも」

千吉が言う。

「ああ、緑のものと合わせたらきれいだし、おいしいし」

おちよが唄うように言った。

「知恵がどんどん出るね」

と、隠居。

「牛蒡《ごぼう》と合わせたきんぴらも飯がいけそうですな」

為助が箸を動かすしぐさをした。

「そりゃ丼三杯だ」

「蓮根《れんこん》とか入ったらなおさらうめえぜ」

飛脚衆が上機嫌で言った。

「こりゃあ気を入れてつくらないと」

義助が帯を手でぽんとたたいた。

「帰ったらさっそく畑仕事で」

女房が和す。

「毎日の積み重ねだからな。気張って売るから頼むぜ」

富八が言った。

「こちらも、腕によりをかけておいしい料理に仕上げますので」

時吉が二の腕を軽くたたいた。

「わたしも」

千吉の声が弾む。

「負けへんで」

為助が笑った。

「承知しました。お任せください」

砂村の男の日に焼けた顔が、ぱっとほころんだ。

第十一章　二幕豆腐と二味焼き

一

秋が立ち、夕方の風がめっきり涼しくなってきた。

そんなある日の二幕目、のどか屋ののれんを一組の夫婦がくぐってきた。

「おや、これは」

時吉が気づいて声をかけた。

「ご無沙汰をしております」

笑みを浮かべて頭をさげたのは、時吉が屋根船で助けた料理人の仁助だった。

「本所に見世を開いたんで、女房と一緒にごあいさつにうかがいました。これはつまらぬものですが」

仁助はそう言って、手土産を差し出した。

「まあ、ありがたく存じます」

おちよが礼を言って受け取る。

「このたびはお世話になりました。すみ、と申します」

そう名乗った女房がていねいに頭を下げた。

一枚板の席にはいつものように隠居と元締めが陣取っていたが、座敷は空いていた。

おちよがそちらへ案内する。

「本所のどのあたりだい？」

隠居がたずねた。

「二ッ目之橋《ふたつめのはし》を渡って、河岸《かし》沿いにちょいとくだったところです」

仁助が答えた。

おすみとともに座敷に座る。

「お飲みものはいかがいたしましょう」

おちよが訊く。

「これから仕入れ先も回るので、冷たい麦湯をいただければと」

仁助が答えた。

「わたしも同じで」

片滝縞《かただきじま》の着物がよく似合う女が和した。

ちょうど一枚板の席に肴が出るところだった。

赤貝と平目の紅白造りだ。

紅白の彩りが鮮やかな造りを大葉の緑が引き立てている。むろん目ばかりでなく、食べ味の違いも楽しめる小粋な肴だ。

座敷からも手が挙がったので、追加でつくることになった。そのあいだ、おちよが話でつなぐ。

「見世を開かれてどれくらいになるんです？」

「まだ半月くらいです」

仁助が答えた。

「ありがたいことに、河岸で働いている人や近くのお武家さまたちが来てくださって、これならなんとかやっていけそうです」

おすみが笑みを浮かべて言った。

「さようですか。それはようございました」

おちよも笑顔で言った。

仁助は口が重いほうだが、おすみは愛想がありそうだ。これなら客あしらいもお手の物だろう。

「黒鍬の者の組屋敷がすぐ近くにありまして、そちらの祝いごともやらせていただきました」

おすみが告げた。

「なら、あんみつさんの……いや、そりゃ関わりがないか」

隠居はあわてて言葉を呑みこんだ。

「四番目はないことになってますからな」

元締めが言う。

いま話に出た黒鍬の者は、正規の三組のことだ。本所に組屋敷がある黒鍬の者は、影御用の黒四組を知らない。

肴ができた。

さっそく二人が賞味する。

「ああ、平目の削ぎ造りがいい按配だ」

仁助がうなった。

「ほんと。こりこりしてておいしい」

おすみも満足げに言う。

「見世の名は何て言うんだい？　本所には知り合いがいるから寄ってみるよ」

顔の広い元締めが言った。

「ありがたく存じます。『仁太郎』という名にしました」

仁助が告げたのは、亡きせがれの名だった。

二

初めは麦湯だけということだったが、一本だけ呑みたくなったらしい。仁助はぬる燗の酒を所望した。

「やっぱり息子さんの名をつけられたんですね？」

おちよが言った。

若くして亡くなった跡取り息子の名をつけたいという望みは、前に来たときに仁助から聞いていた。

「お客さんはおいらの名だと思うらしくて、『仁太郎さん』と呼ばれてまさ」

仁助は苦笑いを浮かべた。

「誤りを正したりしないのかい」

隠居が問う。

「そうすると、せがれの話を告げなきゃなりませんから」

仁助があいまいな顔つきで答えた。

「あの子が生き返ってきたみたいなんで、そのままにしてます」

おすみが味のある笑みを浮かべて言う。

そこで次の肴が出た。

小芋と玉子の煮焼き合わせだ。

小芋の煮っころがしと玉子焼き。何のことはない二つの料理を一つの鉢に盛り、かわるがわる食す。煮物と焼き物、二つの味が響き合ってさらにうまくなるから不思議だ。

「なるほど、学びになるな」

仁助がうなずいた。

「どちらもいいお味で」

おすみも満足そうだ。

さらに、二幕豆腐も出た。

二幕目の豆腐飯の豆腐だけ、を約《つづ》めて二幕豆腐だ。

豆腐を甘辛く煮込むところまでは豆腐飯のつくり方と同じだが、二幕目は酒の肴だから、粉山椒と一味唐辛子を振って辛くする。これを少しずつ崩しながら呑めば、簡便な肴になる。

「おお、こりゃ酒がすすむな」

仁助が笑みを浮かべた。

「ほんと、うちでも出したいくらい」

おすみも和す。

「あ、どうぞお出しくださいまし」

おちよがすかさず身ぶりをまじえて言った。

遊んでくれると勘違いしたのか、小太郎がぴょんと身を弾ませる。

「味つけの割りはお教えしますので」

時吉も厨から言った。

「いや、よその見世の味を……」

仁助はためらった。

「のどか屋の豆腐飯を出す見世はほかにもあるんだよ」

隠居が言う。

「屋台でも出してるくらいだ。これも縁だからね。『仁太郎』で出してみたらどうだい」

元締めも風を送った。

「なら……勘どころだけ教えていただければ」

仁助は乗り気になった。

「ついでにわたしも」

おすみも続く。

そんなわけで、本所の夫婦に豆腐飯の仕込みを教えることになった。もう見世を開いているとあって、どちらも呑みこみは早かった。

「これで本所へ行っても豆腐飯を食べられるね」

信兵衛が笑みを浮かべた。

「そのうち、うちのせがれに舌だめしに行かせます」

時吉も言う。

「お待ちしております」

「気を入れてつくりますんで」

仁太郎のおかみとあるじがいい顔で答えた。

三

「えーと、どのあたりかな？」

千吉が首をかしげた。

「二ツ目之橋は越えたべ」

信吉が言う。

「あれは？」

寅吉が行く手を指さした。

地味な黒橡色《くろつるばみいろ》ののれんがさりげなく出ていた。

「あっ、あそこだ。『仁太郎』って小さく染め抜かれてる」

千吉の声が弾んだ。

「おめえ、目がいいべ」

信吉が寅吉の頭に手をやった。

今日は昼から舌だめしの休みだ。このあいだ指南役に来た時吉から話を聞いた千吉は、迷わず本所に向かうことにした。

「なら、行くよ」

千吉は進んで前を歩いた。

見世には先客がいるらしく、笑い声が響いてきた。

「こんにちは」

のれんをくぐるなり、千吉は明るい声を発した。

「いらっしゃい」

厨に立つ料理人がいぶかしげな顔つきになった。

無理もない。わらべに毛の生えたような者ばかりだ。こんな客が来るのはついぞないことだった。

「おう、ここは団子とか汁粉とかは出ねえぜ」

「酒を呑むにゃまだ早えぞ」

さほど広からぬ小上がりの座敷に陣取った客が口々に言った。

みなそろいの印半纏《しるしばんてん》だ。どうやら本所の河岸で働く者たちらしい。

「舌だめしに来たの。料理人なので」

千吉は胸を張って言った。

「料理人？」

「ええちっちゃい料理人じゃねえか」

もうだいぶできあがっている先客が口々に言った。

「ひょっとして、のどか屋さんの……」

おかみがおずおずと言った。

「跡取りの千吉です」

千吉は堂々と名乗りをあげた。

「ああ、時吉さんから聞いてます。どうぞ、座敷でも樽でも」

あるじはにこやかに告げた。

のどか屋みたいに一枚板の席はないが、酒樽がたくさん置かれていて好きなところに腰かけることができる。土間には花茣蓙も敷かれているから、あぐらをかいて呑み食いするのもいい。

「こちら、料理屋の跡取りさんで」

おかみが千吉を手で示した。

「そうかい。学びに来たのかい」

「そいつぁ偉えな」

先客が言う。

「みんな浅草の長吉屋で修業してます」

「おんなじ長屋に住んで」

「ときどきこうやって舌だめしに」

見世は急ににぎやかになった。

「舌だめしなら、さっきの二味焼きがいいんじゃねえか？」

「そうそう。びっくりするほど手が込んでたからよう」

そろいの印半纏の男たちが言う。

「二味焼き？」

千吉が身を乗り出した。

「鰻と海老の二味焼きだよ。ちょうど三人分ならできるから」

あるじはそう言うと、さっそく手を動かしはじめた。

背わたを抜いて殻をむいた芝海老をよくたたき、玉子と合わせて擂り鉢でよく擂る。

この海老の当たり身を、白焼きの鰻の皮にていねいに付ける。

海老のほうを上にして蒸す。仕上げは焼きだ。冷めたところで串を打ち、たれを塗ってこんがりと香ばしく焼く。粉山椒を振れば、手の込んだ肴ができあがる。

「わあ、おいしい」

千吉がまず声をあげた。

「長吉屋でもなかなか出ねえべ」

信吉がうなずく。

寅吉ははふはふ言いながら食べるばかりだ。

「刺身や天麩羅だけじゃ芸がねえんで、せがれが自慢げに教えてくれた料理を出してるんだ」

仁助が伝えた。

「ほう、せがれがいるのかよ」

「おんなじ料理人かい？」

「そりゃ、素人につくれる料理じゃねえぜ」

先客が口々に言った。

「仁太郎ってのは、せがれの名でしてね」

仁助がここでそう明かしたので、おかみのおすみが驚いたような顔つきになった。

「どこかで修業してるの？」

千吉が問う。

「いや……若くして死んじまったんだ。酔っぱらって大川に落ちやがってよ」

仁助は何とも言えない笑みを浮かべた。

「そりゃあ、気の毒なこった」

「おれらも気をつけねえとな」

「ことにおめえはよ」

河岸で働く者たちが言った。

「おらの兄ちゃんも病で死んだべ」

寅吉が半ばべそをかきながら言った。

「その跡を継いで、潮来から修業に出てきたんだべ、こいつ」

兄弟子の信吉が寅吉を指さす。

「そうかい」

仁助はしんみりとうなずいた。

「……気張ってやんな」

仁太郎のあるじは情のこもった声をかけた。

「兄ちゃんがついてるからね」

おかみも和す。

いちばん年若のわらべは短く答えると、着物の袖を目にやった。

「ああ、そうだ。のどか屋さんで教わった二幕豆腐を食うかい？」

仁助は水を向けた。

「うちの豆腐飯の豆腐？」

千吉が訊く。

「あいさつに行ったときに教わったんだ」

仁助が答えた。

「でも、粉山椒と一味唐辛子を利かせてあるから、大人の肴だと思うんだけどね」

おすみが首をひねる。

「なら、控えめにしてやろう。酒を呑むわけじゃねえんだから」

仁助は笑って支度を始めた。

ほどなく、二幕豆腐が客に行きわたった。

「こりゃあ、いいじゃねえか」

「酒の肴にゃうってつけだ」

河岸の男たちには好評だった。

「うん」

「うん、のどか屋の味」

千吉も笑みを浮かべた。

「うめえべ」

兄を思い出して泣きそうになっていた寅吉の表情も晴れた。

「これからも大事に出していくから、おやっさんによしなに伝えといてくれよ」

仁助はのどか屋の跡取り息子に言った。

「はい」

千吉のいい声が響いた。

四

日が落ちてのれんをしまったあとも、見世の中にはなおしばらく灯がともっていた。

掃除と明日の仕込みが終わると、遅いまかない飯になった。

今日は二幕豆腐を飯をのせ、煮物の残りで済ませることにした。

「おめえも食え」

仁助が仏壇に陰膳《かげぜん》を据えた。

おすみが手を合わせ、短い念仏を唱える。

「それほど流行《はや》っちゃいねえが、つぶれねえくらいにはやれてる。ありがてえこった」

まかないの豆腐飯を食しながら、仁助が言った。

「ほんに。あの子の名の見世が細く長く続けばいいねえ」

感慨をこめて、おすみが言った。

「おれの体が続くうちは、板場に立つさ」

仁助が言った。

「そのうち、あの子が手伝いに来てくれますよ」

と、おすみ。

「そこの堅川《たてかわ》の水は大川につながってら。そのうち手伝いに来るぜ」

仁助はそう言ってまた箸を動かした。

その晩——。

仁助はふと目を覚ました。

どこか遠くで半鐘が鳴ったような気がしたのだ。

夢うつつのままに耳を澄ませていたが、もう半鐘は鳴らなかった。

そのまままた眠ろうとしたが、頭の芯が妙にさえていた。これでは眠れない。

仁助は意を決して身を起こした。

おすみは寝息を立てている。起こさないように気をつけながら床を出た仁助は、見世のほうへ向かった。

月あかりがひとすじ、しみじみと土間に差しこんでいる。それが何かを告げているかのようだった。

少し迷ったが、仁助は心張り棒を外して表に出た。

すっかり秋らしくなってきた風が吹き抜けていく。

いい月が出ていた。

河岸が立ち並ぶ通りの向こうまで明るい。

その果てに、いやに弱々しい影が立っていた。

仁助は瞬きをした。

それはたしかに人に見えた。

頭の芯に、声が届いた。

「……おとっつぁん」

なつかしい声だ。
「仁太郎」
仁助はあわてて駆け寄った。
だが……。
ほんの数歩走ったところで、影はふっと消えた。
もう何も見えなくなった。
仁助は立ち止まり、まだ月あかりがたゆとうている道の果てをじっと見据えた。
そして、どこへともなく声をかけた。
「また帰《けえ》ってきな。ここはおめえの見世だからよ」
返事はなかった。
だれもいない道が、川に沿って続いているばかりだった。

終章　つけとろ蕎麦と月見蕎麦

一

「千吉はだいぶ腕が上がってきたな」

のどか屋の一枚板の席で、祖父の長吉が言った。

「達者にやってますか」

ゆであがった蕎麦を水洗いしながら、時吉が言った。

「おう、背もだんだんと伸びてきやがった」

長吉は髷にちょっと手をやった。

「そりゃあ何よりだね」

隣に陣取った隠居が言う。

座敷には野田《のだ》の醤油づくりの主従がいた。松茸《まつたけ》のいい香りが漂ってくる。このあいだまで暑気払いがもっぱらだったのに、いつしかそんな季《とき》になった。

「次に来たときは、ここのあるじになってるかもしれないな」

「わらべは育ちますからね」

焼き松茸に醤油をたらして食しながら、座敷の客が言った。

「ほんに、この子も大きくなって」

おちよがひときわ立派になった小太郎を土間に放した。

銀と黒と白の風変わりな縞猫がぶるぶると身をふるわせる。

「猫と一緒にしちゃいけねえや」

長吉が苦笑いを浮かべた。

「なに、猫も人もおんなじようなもんですよ、おとっつぁん」

おちよが笑みを浮かべた。

ほどなく、蕎麦ができた。

うどんは折にふれて打っているが、蕎麦は久々だ。あまり間が空くと腕がなまるから、二幕目に打ってみることにしたのだ。

「だいぶ不揃いで相済みませんが」

時吉はそう言って、つけとろ蕎麦の膳を置いた。

蕎麦のほかにつゆととろろ、それに山葵《わさび》と海苔の薬味がつく。

「これはつるつる啜る蕎麦じゃねえな」

長吉はそう言って、わしっと蕎麦をかんだ。

「なかなか細く切れないもので」

時吉がややあいまいな表情で答えた。

「こういう蕎麦も野趣があっていいよ」

隠居が温顔で言った。

座敷にはおちよとおけいが運んでいった。おそめはべつの客を湯屋へ案内している。

今日も旅籠はほぼ埋まった。

「うん、おいしいよ」

「とろろをつゆでのばすと、ことにいいですね」

客の評判は上々だった。

「そう言や、千吉らに蕎麦は打たせてなかったな」

長吉がふと箸を止めて言った。

「うどんに比べたら、蕎麦はずっと難しいから」

おちよが言った。

「つるつると啜る蕎麦の打ち方を教えてやってくださいまし」

時吉が師に言う。

「指南役のおめえがそんなことを言ってちゃ駄目だぞ。おれもそう長くねえからな」

と、長吉。

「なに、わたしだってまだ達者で昼から呑んでるんだからね」

隠居が猪口を掲げる。

「ご隠居は化け物なので」

長吉の目尻にいくつもしわが浮かんだ。

「化け物呼ばわりは勘弁しておくれよ」

そう言いながらも、隠居の目は笑っていた。

「何にせよ、蕎麦には料理人の柄も出るからな。気を入れて教えてやるか」

長吉は腕を撫《ぶ》した。

「お願いいたします。次に帰って来たときに打たせてみますので」

時吉は白い歯を見せた。

二

その翌日――。

二幕目がだいぶ進んできたころ、力屋の二人がふらりとのれんをくぐってきた。

「おお、なんでえ、江戸一の若夫婦じゃねえかよ」

座敷から明るい声をかけたのは、岩本町の名物男だ。今日も野菜の棒手振りと一緒に油を売りに来ている。

「舌だめしにまいりました」

為助が笑顔で言った。

「わたしは、こちらが目当てで」

おしのがそう言って、ゆきをひょいと抱き上げた。

「信五郎さんは？」

一枚板の席から元締めが問う。

「今日は珍しく夫婦でお芝居を観に行ってます」

おしのが答えた。

「そりゃあいいね」

信兵衛は笑顔で言った。

「今日の膳は何だったんだ？」

時吉が為助に訊いた。

「へえ。尾のぴんと張った秋刀魚《さんま》の塩焼きに、茸飯《たけのこめし》をつけてみましてん」

力屋の若あるじが答える。

「茸飯か、うまそうだな」

富八がすぐさま言った。

「松茸としめじと平茸、それに、油揚げとごんぼを混ぜたらえらい好評で」

京から来た料理人は笑みを浮かべた。

ごんぼ、とは牛蒡《ごぼう》のことだ。

「秋刀魚も大根おろしたっぷりで」

おしのが身ぶりをまじえる。

「秋刀魚を付け合わせに大根を食うようなもんだからな」

「そりゃおめえ、言いすぎだぜ」

岩本町の二人が掛け合う。

「力屋さんみたいな肴ができたところですよ」

おちよが告げた。

「そら、いただきます」

「わたしも」

若夫婦が二つ返事で言った。

「では、ただいま」

おちよがそう言って運んできたのは、里芋と蒟蒻《こんにゃく》の煮物だった。

嚙み味の違う里芋と蒟蒻を炊き合わせ、彩りに隠元《いんげん》も加えてある。うまくて身の養いになり、遊び心も感じられる小粋なひと品だ。

「おお、こらうまい」

為助が声をあげた。

「ほんと、蒟蒻もおいしい」

おしのも笑みを浮かべた。

「塩もみをしてから、すりこ木でたたき、乾煎りしてから煮た蒟蒻だからよ」

「詳しいですね、寅次さん」

為助が驚いた顔つきになった。

「なに、さっきあるじがそう講釈してたんで」

湯屋のあるじがそう言ったから、のどか屋に和気が満ちた。

「はい、どっちが取れるかにゃ？」

おしのが持参した猫じゃらしを振る。

しょうと小太郎、二匹の雄猫が目を輝かせて取ろうとする。その様子を、だいぶ年が寄ってきたちのが眠そうな目でながめていた。

そうこうしているうちに、呼び込みに行っていたおけいとおそめが客をつれて帰ってきた。武州与野《よの》から御開帳に合わせて出てきた夫婦だ。

「旅の垢《あか》は、湯につかってさっぱり落としましょうや」

寅次がさっそくあきないっ気を見せる。

「客をつれずに戻ったら角《つの》が出るからね」

富八が鬼の真似をした。

そんなわけで、御神酒徳利は荷を下ろした客とともに岩本町へ戻っていった。

「なら、わてらもちょいと寄るとこがありますんで」

為助も腰を上げた。

「はい、じゃあ、またね」

遊びすぎてはあはあと口で息をしている小太郎に向かって、おしのが言った。

「もうちょっとゆっくりしていけばいいのに」

おちよが言う。

「すんまへん。そろそろ金時人参がでけてくると思うんで、また寄らしてもらいますわ」

為助が答えた。

「おいしい料理はうちでも出させてもらいます」

すっかり若おかみの顔でおしのが言った。

「いくらでも持っていって」

時吉が笑顔で答えた。

「そのうち、金時人参の料理の梯子《はしご》ができそうだね」

元締めも温顔で言った。

「帰る前に、お地蔵さんに寄らしてもらいますわ」

「そうそう、のどか地蔵に願を懸けないと」

力屋の若夫婦が言った。

「何の願？」

おちよが問う。

「それは言うたらあかんと思うんで」

為助は答えた。

「それもそうね」

おちよは笑みを浮かべた。

「あら」

表へ出たおしのが声をあげた。

「まあ、かわいい」

見送りに出たおちよも笑う。

「これがほんまののどか地蔵やな」

為助が笑った。

初代ののどかを祀るのどか地蔵の祠《ほこら》に、二代目ののどかがちょうどいい按配にはさまって寝ていた。風も通るから気持ちよさそうだ。

「ご利益がありそう」

と、おしの。

「なら、お祈りしょう」

為助がうながした。

西からの風に吹かれて来た料理人と、縁あって結ばれた飯屋の看板娘。若い二人は小さな地蔵の前で両手を合わせた。

見世が繁盛しますように。

そして、ややこに恵まれますように……。

二人の願いは同じだった。

三

「よし、こねに入るよ」

千吉が腕まくりをして言った。

「売り物じゃないから、落ち着いてやれ」

時吉が笑みを浮かべた。

「千ちゃん、しっかり」

近くの大松屋の跡取り息子で、前から仲のいい升造《ますぞう》が声を送る。

次の休みの日の舌だめしは、のどか屋での蕎麦打ちになった。長吉から教わったやり方で、これから力を合わせて打つところだ。

「ほれ、気を入れてつぶすべ」

信吉が寅吉に言った。

「へーい」

いちばん年若の弟子が手を動かす。

二人が受け持ってるのは、長芋をつぶすことだった。

蕎麦粉だけで蕎麦にまとめるにはまだ荷が重いから、つなぎを用いる。長吉が教えたのは、長芋をすり鉢でよくつぶしてつなぎに使うやり方だった。

長芋がなければ山芋でもいい。これをつなぎに使えばのど越しのいい蕎麦になる。

ただし、簡単ではない。とにかく、くどいほどよくつぶしてやらなければ蕎麦になじまない。

「やさしく、やさしく、でも、指先に力をこめて」

呪文のように唱えながら、千吉は指を動かしていった。

「上手じゃないか」

隠居が目を細めた。

「なかなかさまになってるよ」

元締めも和す。

時吉はじっと腕組みをして見守っていた。

細かいところに粗《あら》はあるが、あえて口には出さなかった。長吉屋の指南役を始めてから、前より我慢強くなったように思われる。まず弟子の技量を見極め、ためをつくってから助言をするように心がけている。それもまた学びの一つだろう。

「よし、できたべ」

信吉が言った。

「なら、大きな玉にしていこう」

千吉の声に力がこもった。

蕎麦粉を水でこね、いくつかの小さな玉をつくる。そこへつなぎを入れ、大きな玉にまとめていくのがまず初めの難所だ。

「わあ、つやつやしてきた」

升造が弾んだ声をあげた。

千吉の手つきはたしかだった。気になってのぞきこんだおちよが思わずうなずいたほどで、これなら難所を乗り切れそうだ。

蕎麦玉はしだいに大きくなり、やがてつややかな玉にまとまった。

「できた」

千吉はいい声を発した。

「ここからの、のしと切りがまた難所だぞ」

時吉が手綱を締める。

「はいっ」

そう答えると、千吉は麺棒をつかんだ。

三本の麺棒を巧みに操り、打ち粉を振りながら生地《きじ》をのばしていく。

「むらが出ないように気をつけろ」

さすがにここは年季が要《い》るから、いささか怪しいところがあった。なるたけ手は出さないようにしながら、時吉は折にふれて指導をした。

「蕎麦屋でもつとまりそうだね、千坊」

隠居の白い眉がやんわりと下がる。

「わらべ蕎麦か。そりゃあ流行りそうだ」

と、元締め。

「でも、それだとすぐ看板に偽りが出てきてしまいそうです」

おちよが言った。

「ああ、そうか。わたしくらいの歳になってわらべ蕎麦のあるじだったら妙な話だね」

信兵衛はそう言って笑った。

そうこうしているうちに、のしの作業が終わった。

「ふう」

と、千吉が息をつく。

「一服してから切ったら？」

おちよが水を向けた。

「そうだね」

千吉が大人びた答えをした。

「じゃあ、お茶にするべや」

「んだ、んだ」

長屋の仲間も乗ってきた。

しばらくは升造もまじえてよもやま話が続いた。ちょうど猫たちが座敷でくつろいでいたから、どの猫がいちばん重いか比べてみることになった。

「わあ、おまえか」

千吉が驚いたように抱っこしたのは小太郎だった。

「子猫だったのに、大きくなったわね」

おちよが笑みを浮かべる。

「人も猫も大きくなりますね」

わが子も大きくなったおけいが言った。

「ふぎゃ」

小太郎が不満げにないたから、千吉は土間に放してやった。

それをしおに、蕎麦づくりに戻る。

いよいよ切りだ。木間板《こまいた》と麺切り包丁を用い、調子よくとんとんと切っていく。

「うめえ、うめえ」

「その調子だべ」

仲間が声援を送る。

「ほう」

時吉は思わず声を発した。

心持ち包丁の刃を寝かせた千吉の包丁さばきは、なかなかに堂に入ったものだった。

無理に麺切り包丁を動かそうとしてはいけない。かえって幅がそろわなくなってしまう。包丁の刃の重みを活かして、とんとんと小気味よく切っていくのが骨法《こっぽう》だ。

そのあたりの勘どころを、千吉はよくわきまえていた。

ややあって、最後の一本が切れた。

「よしっ」

声を出したのは時吉だった。

「いい出来だ。あとはゆでてお出しするだけだな」

父がそう言うと、跡取り息子は花のような笑顔になった。

四

「お蕎麦は何にしようかな?」

大鍋で蕎麦をゆでながら、千吉が言った。

「あったかいのか、冷たいの?」

寅吉が訊く。

「うん。それと、具に何を入れるか」

千吉は首をひねった。

「このあいだは、冷たいつけとろ蕎麦をいただいたよ」

　隠居が告げた。

「今日はちょいと冷えるから、あったかい蕎麦がいいかもしれないね」

　元締めが言った。

「うん、あったかいのがいい」

　升造が元気のいい声で言った。

「具なら、玉子があるぞ。月見蕎麦はどうだ？」

　時吉が水を向けた。

「ああ、おいしそう」

　千吉はすぐさま言った。

「うまそうだべ」

「月見だべ、月見」

　仲間が囃《はや》すように言う。

　そんなわけで、供されるのは月見蕎麦と決まった。

　玉子のほかには、葱と蒲鉾。それだけでいい。

　ちょうどいいゆで加減になるように、千吉はぐっと気を集めた。

「よし、できた」

見違えるような料理人の顔で言う。

「よくやったな」

時吉が跡取り息子の労をねぎらった。

月見蕎麦は次々にふるまわれた。のどか屋に蕎麦つゆのいい香りが漂う。煮物などにも使える、昆布と鰹節のだしがよく利《き》いたつゆだ。醬油は野田の極上のものを使っている。

「はい、お待ちどおさまです」

千吉は一枚板の席の隠居に丼を出した。

「ちゃんと下から出てるね」

隠居が笑みを浮かべて受け取る。

「ありがたく存じます。元締めさんにも」

長吉屋での修業のおかげか、堂に入った客あしらいだ。

「よし、座敷でみんなで食ってきな」

時吉が身ぶりをまじえて言った。

「はあい」

にぎやかな座敷に、おちよとおけいが盆を運ぶ。

さっそく箸が動いた。

「うんめえ」

信吉がひと言、うなるように発した。

「うまくて涙が出るべ」

寅吉が感に堪えたように言う。

「上手になったなあ、千ちゃん」

幼なじみの升造も感慨深げだった。

「麺が細くてのど越しがいいねえ」

隠居もほめる。

「おとっつぁんの蕎麦よりそろってるじゃないか」

元締めも感心の面持ちで言った。

「いま、言おうと思っていました」

時吉が苦笑いを浮かべた。

「わたしの分もある？」

おちよが問うた。

「ああ、あるよ。食ってみな」

時吉は素早く手を動かして、おちよの分の月見蕎麦をつくった。

「いただきます」

千吉に向かって言うと、おちよは蕎麦を少したぐってから胃の腑に落とした。

「……おいしい」

その言葉を聞いて、千吉はほっとしたような顔つきになった。

今度は玉子をからめて食す。

味が変わった。

さまざまな思い出が詰まった、忘れがたい味がした。

[参考文献一覧]

『人気の日本料理2 一流板前が手ほどきする春夏秋冬の日本料理』（世界文化社）
田中博敏『お通し前菜便利集』（柴田書店）
太田忠道『レパートリーが豊かになる四季の刺身料理』（旭屋出版）
志の島忠『割烹選書 酒の肴春夏秋冬』（婦人画報社）
志の島忠『割烹選書 茶席すし』（婦人画報社）
志の島忠『割烹選書 四季の一品料理』（婦人画報社）
料理・志の島忠、撮影・佐伯義勝『野菜の料理』（小学館）
志の島忠『日本料理四季盛付』（グラフ社）
金田禎之『江戸前のさかな』（成山堂書店）
土井勝『日本のおかず五〇〇選』（テレビ朝日事業局出版部）
『辻留の点心歳時記』（淡交社）

畑耕一郎『プロのためのわかりやすい日本料理』（柴田書店）
鈴木登紀子『手作り和食工房』（グラフ社）
野﨑洋光『和のおかず決定版』（世界文化社）
本橋清ほか『日本料理技術選集　婚礼料理』（柴田書店）
ウェブサイト「クックパッド」
『復元・江戸情報地図』（朝日新聞社）
今井金吾校訂『定本武江年表』（ちくま学芸文庫）

時代小説

二見時代小説文庫

風《かぜ》は西《にし》から　小料理《こりょうり》のどか屋《や》 人情帖《にんじょうちょう》24

著者　倉阪鬼一郎《くらさかきいちろう》

発行所　株式会社 二見書房
東京都千代田区神田三崎町二-一八-一一
電話　〇三-三五一五-二三一一［営業］
　　　〇三-三五一五-二三一三［編集］
振替　〇〇一七〇-四-二六三九

印刷　株式会社 堀内印刷所
製本　株式会社 村上製本所

落丁・乱丁本はお取り替えいたします。
定価は、カバーに表示してあります。

ISBN978-4-576-18165-3
http://www.futami.co.jp/

栄次郎江戸暦
小杉健治

飯島一次

小《こ》言《ごと》又兵衛 天下無敵

シリーズ

以下続刊

①小言又兵衛 天下無敵 血戦護持院ヶ原

②将軍家の妖刀

将軍吉宗公をして「小言又兵衛」と言わしめた武辺者の石倉又兵衛も今では隠居の身。武士道も人倫も廃れた世に、仇討ち旅をする健気な姉弟に遭遇した又兵衛は嬉々として助太刀に乗り出す。頭脳明晰な蘭医・良庵を指南役に、奇想天外な仇討ち小説開幕！

二見時代小説文庫

沖田正午

北町影同心 シリーズ

以下続刊

① 閻魔《えんま》の女房
② 過去からの密命
③ 挑まれた戦い
④ 目眩《めくら》み万両
⑤ もたれ攻め
⑥ 命の代償
⑦ 影武者捜し
⑧ 天女と夜叉
⑨ 火焔の啖呵《たんか》

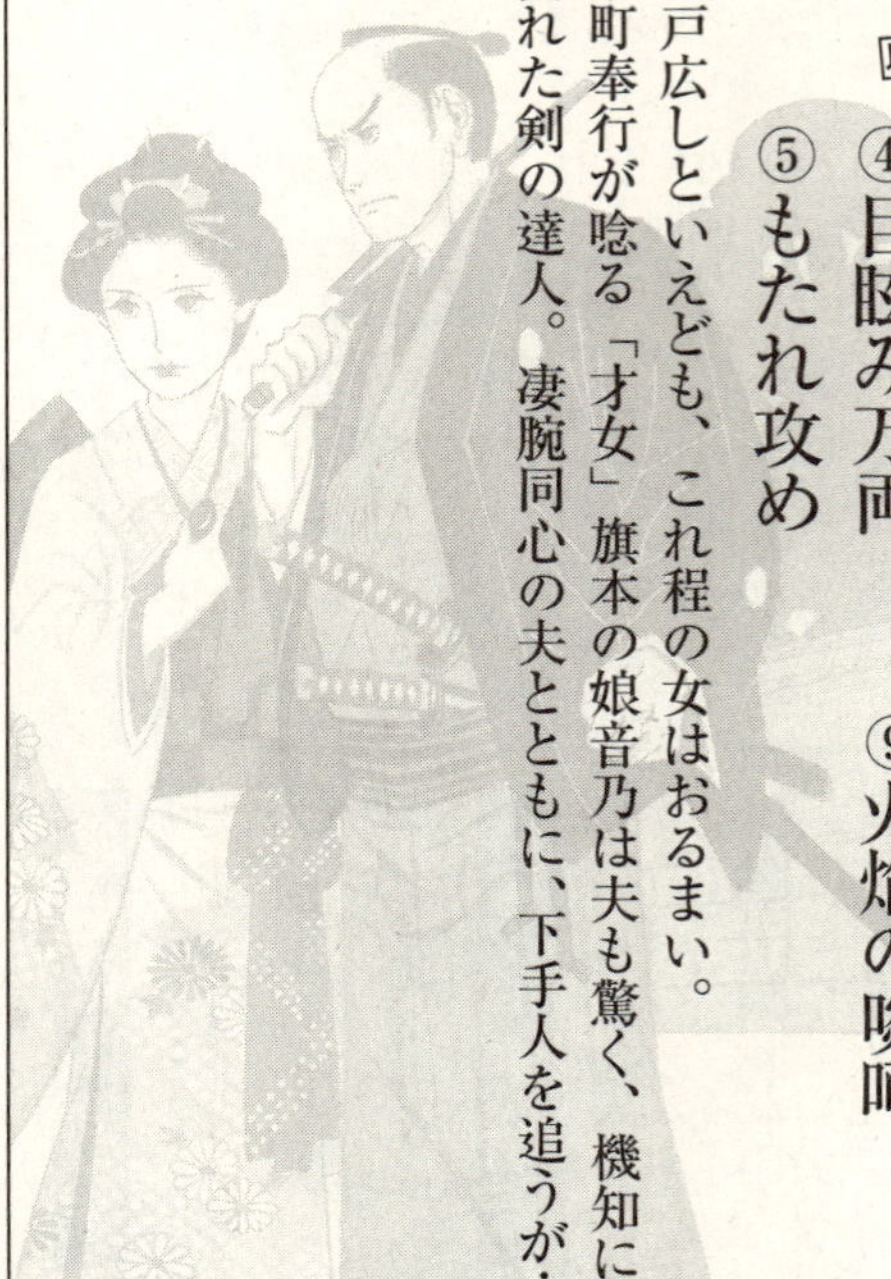

江戸広しといえども、これ程の女はおるまい。
北町奉行が唸る「才女」旗本の娘音乃は夫も驚く、機知にも
優れた剣の達人。凄腕同心の夫とともに、下手人を追うが…。

二見時代小説文庫